If the world were a village of 100 people

세계가 만일 100명의 마을이라면

If the world were a village of 100 people 4

© Kayoko Ikeda / MAGAZINE HOUSE CO., Ltd 2008

Originally published in Japan in 2008 by MAGAZINE HOUSE CO., LTD..

Korean translation rights © 2018 by kugil media Co., Ltd.

Korean translation rights arranged through TOHAN CORPORATION, TOKYO and
SHIN WON AGENCY CO., SEOUL.

If the world were a village of 100 people

세계가 만일 100명의 마을이라면

환경 편

이케다 가요코 엮음 | 한성례 옮김

국일미디어

세계가 만일
100명의 마을이라면 - **환경 편**

초　　판 1쇄 발행 · 2009년 7월 30일
개정판 1쇄 발행 · 2018년 6월 12일
개정판 3쇄 발행 · 2022년 1월 20일

지은이 · 이케다 가요코
옮긴이 · 한성례
펴낸이 · 이종문(李從聞)
펴낸곳 · 국일미디어

등록 · 제406-2005-000025호
주소 · 경기도 파주시 광인사길 121 파주출판문화정보산업단지(문발동)
영업부 · Tel 031)955-6050 | Fax 031)955-6051
편집부 · Tel 031)955-6070 | Fax 031)955-6071

평생전화번호 · 0502-237-9101~3

홈페이지 : www.ekugil.com
블로그 : blog.naver.com/kugilmedia
페이스북 : www.facebook.com/kugilmedia
E-mail : kugil@ekugil.com

ISBN 978-89-7425-647-0(03830)

너를 위하여 나는 무엇이 될까

정호승 시인

바쁜 일상에 쫓기며 살고 있는 저의 마음을 사로잡은 책이 한 권 있습니다. 바로 《세계가 만일 100명의 마을이라면》입니다. 이 책은 나무에 매달린 작은 벌레의 삶과 같았던 제 삶을 커다란 날개를 펼쳐 하늘을 나는 기러기의 삶처럼 변화시켜주었습니다. 늘 분노와 불만에 가득 찼던 세상이 이 책을 통해 비로소 살아갈 만한 아름다운 곳으로 느껴졌습니다. 늘 고통스럽기만 했던 세상살이가 이 책을 통해 비로소 살갑고 따스하게 느껴졌습니다. 이는 마치 감동 깊은 한 편의 시를 읽는 기쁨과 같았습니다.

세계를 100명의 마을로 축소시키면 완전히 다른 당신과 내가 보입니다. 놀라웠던 점은 제가 이 마을에서는 정말 풍족하고, 많은 것을 향유하며 살고 있다는 것과 다른 사람들의 부러움을 받을 수 있는 존재라는 것이었습니다. 하지만 왜 우리의 행복지수는 이런 현실에 비해 낮은 걸까요? 이렇게 많은 것을 가지고 있으면서 우리는 왜 불안하고 가난하다고 느끼는 것일까요? 우리는 지금 세계 마을에서 상대적으로 부유하고 많은 것을 소비하며 살고 있는데도 말입니다. 말하자면 이 책은 이제는 더 이상 우리가 추구해야 하는 가치가 물질적 개발에만 있지 않음을 일깨워주고 있습니다.

사실 우리는 누군가를 도와줄 수 있는 아량과 따스함이 있지만 어떻게 도와야 할지 몰라서 주저하는 사람들이 많습니다. 하지만 이미 이런 생각을 실천으로 옮긴 사람들이 있었습니다. 아프리카 난민들을 위해 살충제를 넣은 모기장과 간이용 정수기를 개발하고, 인권보호를 위해 변호사를 육성하고, 빈민촌에 직업훈련센터를 세워 교육의 기회를 제공하는 등 정말 보이지 않는 곳에서 감동적인 사랑을 실천하는 이들이 많았습니다. 행동하는 것은 이렇게 자신이 할 수 있는 것부터 시작한다는 것을 잘 보여주고 있습니다. 이 책이 시보다 더 큰 감동으로 와 닿는 이유는 아마 이런 이유겠지요.

우리가 생각하기에 복잡하고 난해한 세상의 문제들을 100명의 마을로 단순화시켜서 보면 세계의 문제가 너무도 분명히 드러나는 것을 알 수 있습니다. 저는 우리나라 사람들이 이 책을 통해 세계의 환경 문제와 빈곤과 인권 문제에 대해 관심을 가져주었으면 합니다. 또한 국경을 넘어서서 휴머니즘을 키우고, 사람이 사람답게 살기 위한 목표와 가치를 실현하도록 함께 나아갔으면 합니다.

이 마을을 구할 수 있습니다

한성례

바누아투를 아시나요?

문명의 손길이 거의 닿지 않고, 국민총생산 207위, 세계 121위의 최빈국인 이 나라는 2006년 영국의 신경제재단(NEF)이 측정한 조사에서 세계행복지수 1위였습니다. 풍요로운 자연과 더불어 욕심을 부리지 않고 살아가는 그들은 아무리 많아도 꼭 필요한 만큼만 열매를 따고 물고기를 잡습니다. 필요 이상 채취했을 때는 이웃과 나눠가집니다. 이 섬나라에서는 나름대로 자신들의 질서를 지키며 평화롭게 살아가고 있습니다. 하지만 아이러니하게도 바누아투보다 잘 살고 있는 많은 선진국 사람들은 행복지수가 현저히 낮았습니다. 바로 부에 대한 상대적 박탈감으로 인해 가난하지 않지만 불행하다고 느끼기 때문입니다.

우리는 태어나면서부터 한 사람이 먹고 사용할 1인분의 분량이 정해져 있습니다. 무엇이든 한 사람의 생명에 필요한 양은 1인분이면 충분합니다. 이 1인분만 잘 지킨다면, 자원이 낭비되지 않고, 환경도 지켜지고, 따라서 세계마을도 모두 좋아질 것입니다. 비록 자신의 땅에서 석유가 나와 부자가 되었다 해도, 그것을 혼자서 독차지하지 않고 남은 양을 기분 좋게 마을에 돌려준다면 마을은 분명 낙원이 될 것입니다.

그러나 이런 세상은 현실에는 없습니다. 그래서 《세계가 만일 100명의 마을이라면》의 완결판인 이 책에서는, 어떻게 해야 황폐해져가는 마을을 지킬 수 있는가, 어떻게 해야 인간이 인간답게 살아갈 수 있는가에 대해 고민하고 있습니다. 마을의 잘못된 점을 지적하고, 지속 가능한 마을 환경을 만들어가는 방법적인 해결책을 모색하고 있습니다.

빈곤과 기아에서 가장 피해를 입는 어린이와 여성을 구하기 위해서는 지구적인 파트너십이 필요하다는 것을 인식하고, 신재생에너지(수력, 지열, 태양, 물, 바람, 풍력 등)를 얻어야만 지구를 살릴 수 있다는 것을 역설하고 있습니다. 또한 가까운 미래는 기술을 통해 빈곤을 퇴치해야 하며, 인류의 건강과 행복을 위해 앞장서서 실천하는 다양한 오피니언 리더, 과학자, 기업 등을 소개하고 있습니다.

제 작은 바람은 독자 여러분들이 이 책을 손에 드는 순간, 잊고 있던 자신의 행복을 다시금 되찾았으면 합니다. 그래서 이 행복바이러스를 민들레 씨앗처럼 주변에 전염시켜 주었으면 합니다. 그러할 때에 우리는 이 마을을 구할 수 있을 것입니다.

차례

지난 250년간,
사람의 흐름은 농촌에서 도시로
끊임없이 이동하고 있습니다.
21세기,
이 흐름은 가속되고 있습니다.
20세기 초,
2억 2000만 명이었던 도시 사람은
100년 후인 지금,
34억 명입니다.

세계에는 68억 명이 살고 있지만

그것을 100명으로 축소하면

51명은 도시에서
49명은 농촌이나 사막, 초원에서
살고 있습니다.

도시의 면적은,
세계 육지의 3%입니다.

도시에 사는 51명 중
40명은 가난한 나라 사람이고,
11명은 부유한 나라 사람입니다.

17명은 빈민가에 살고 있고, 그 중
6명은 중국 사람과 인도 사람입니다.

세계가 만일 100명의 마을이라면
75명이
자연재해의 위험에 놓여 있습니다.

재해로 사망한 100명 중
90명 이상은 가난한 나라 사람입니다.

홍수나 해일로
물에 잠기는 집에 살고 있는 사람은
7명입니다. 그 중
4명은 아시아 사람입니다.

100명 중
26명은 전기를 사용할 수 없습니다.
18명은
깨끗하고 안전한 물을 먹을 수 없습니다.

1년을 사는 데 드는 돈이
1,300만 원 이상인 가장 부유한 사람은
16명입니다.
130,000원 이하인 가장 빈곤한 사람은 20년 전
20명이었지만, 지금은
15명으로 줄었습니다.

하지만 400만 원 이하인 사람은
72명입니다.

아이들은
28명입니다. 그 중
4명은 일을 합니다.
12명은
초등학교에 다니지 않습니다.

2015년
아이들은 26명이 됩니다.

젊은 사람은
18명입니다. 그 중
2명은 대학에 다니고 있습니다.

젊은 사람을 100명으로 하면
14명은 일이 없습니다.

실업자를 100명으로 하면
44명이 젊은 사람입니다.

2015년
젊은 사람은

도시에 사는 51명이
75%의 석유나 석탄, 천연
80%의 온실효과 가스를

가스를 사용하고
배출합니다.

2030년
마을에서 사용하는 에너지는
1.5배가 됩니다.
증가하는 양의 절반은 아시아가 차지합니다.
아시아의 증가에서
전기는 2.5배이고,
자동차는 3배가 됩니다.

석유나 석탄, 천연가스 사용은
18명의 선진국 사람이 49%
48명의 신흥국 사람이 37%
34명의 개발도상국 사람이 14%
사용하고 있습니다.

한 사람이 1년에 배출하는 이산화탄소는
45명의 개발도상국 사람이
1톤이며,
15명의 유럽 선진국 사람이
10톤입니다.
5명의 미국인이
20톤을 배출하고 있습니다.

세계가 만일 100명의 마을이라면
0.7명은 한국인입니다.
그 0.7명이 배출하는 이산화탄소는
100명이 배출하는 이산화탄소 평균의
1.8인분입니다.

세계가 만일 100명의 마을이라면
2명은 일본인입니다.
그 2명이 배출하는 이산화탄소는
100명이 배출하는 이산화탄소 평균의
5인분입니다.

그 중
32%는 화력발전소나 정유소
31%는 공장
20%는 자동차
9%는 회사나 병원, 상점
5%는 가정
3%는 폐기물처리시설 등에서
배출하고 있습니다.

아이슬란드 사람은
99%의 전기를
수력과 지열로 충당하고 있습니다.
2030년까지
석유나 석탄, 천연가스의
사용을 중단합니다.

독일 사람은
14%의 전기를
태양이나 물, 바람 등에서
만들고 있습니다.
2015년에는 그것이
20%로 늘어납니다.
2020년에는
원자력발전을 중단합니다.

덴마크 사람은
20%의 전기를
풍력에서 충당하고,
2030년에는 그것이
50%로 늘어납니다.

한국 사람은
태양이나 물, 바람 등에서
2.4%의 전기를
만들고 있습니다.
2011년에는 그것이
11%로 늘어납니다.

일본 사람이
태양이나 바람 등을 이용해
만드는 전기는
0.7%입니다.
2014년에는 그것이
1.63%로 늘어납니다.

일본에서
2050만 가구의
모든 집에서
4킬로와트의 전기를
태양으로 만들면
11%의 전기를 충당할 수 있습니다.

마을에는
모든 마을 사람이
배고프지 않을 만큼 먹을 곡물이 있습니다.
하지만 그 중
사람이 먹는 것은
48%입니다.
35%는 가축이 먹습니다.
17%는 자동차의 연료 등에 쓰입니다.

자연을 훼손하지 않고, 모든 사람이
선진국 생활을 한다면,
마을에 살 수 있는 사람은 26명뿐입니다.

"농작물을
자동차에게 먹여서는 안 된다.
농작물을 먹어야 하는 것은 자동차가 아니라,
먼저 사람이다"

(볼리비아 대통령 에보 모랄레스 2007년 9월)

"에너지는
사람과 식료품을 무시하지 않고,
식료품과 농지를 무시하지 않는다"

(중국정부 2008년)

"농작물에서 만든
에탄올의 가솔린 혼합 비율을
5%에서 10%로 올리는
신 바이오 연료계획을 중지하라"

(독일정부 2008년 4월)

당신은 알고 있습니까?
도넬라 메도스*의
행복의 5가지 조건을.
그것은
깨끗한 공기와 흙과 물
재해나 전쟁으로 인해
고향을 떠나지 않고 사는 것.
기초적인 의료
기초적인 교육, 그리고
전통문화입니다.

---

* 도넬라 메도스 Donella Meadows(1941~2001)
  환경문제의 고전적 명저 《성장의 한계》의 공저자, 《100명의 마을》 원저자.

세계가 만일 100명의 마을이라면
20명은 문자를 읽을 수 없습니다.
그 중
13명은 여성입니다.

세계의 여성을 100명으로 하면
토지를 가진 사람은 15명입니다.
여성이 토지를 가져서는 안 되는
나라도 있습니다.

1년 동안
54만 명의 임산부가 사망합니다.

사망한 임산부를 100명으로 하면
99명은 개발도상국에 살고, 거의
사하라 이남의 아프리카와
아시아의 여성입니다.

내 아가야
너를 품에 안고
내가 널 낳았어
라고 속삭일 때,
세상의 온갖 과실들이
한꺼번에 열매를 맺고
익은 콩이
한꺼번에 벌어져서 튄다
이 충실감 이 행복

(신카와 가즈에, 〈갓난아이에게 바친다〉에서)

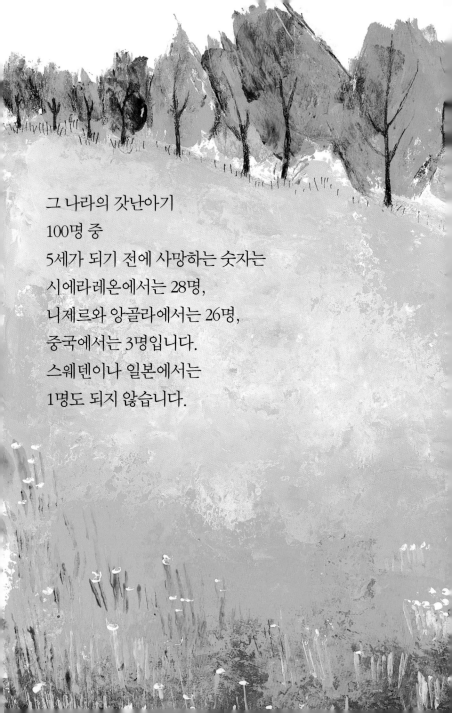

그 나라의 갓난아기
100명 중
5세가 되기 전에 사망하는 숫자는
시에라레온에서는 28명,
니제르와 앙골라에서는 26명,
중국에서는 3명입니다.
스웨덴이나 일본에서는
1명도 되지 않습니다.

세계가 만일

100명의 마을이라면

13명은 휴대전화를 갖고 있습니다.

17명은 집에 고정된 유선전화가 있고

18명은

인터넷을 사용하고 있습니다.

인터넷을 사용하는 사람을
100명으로 하면
41명은 아시아에
25명은 유럽에
19명은 북미에
10명은 중남미에
3명은 아프리카에
2명은 오세아니아에 살고 있습니다.

1990년, 마을의 33%는 숲이었습니다.
2005년, 숲은 30%로 줄었습니다.
이대로라면
2015년, 숲은 24%밖에 남지 않습니다.

2030년
세계의 인구는 83억 명이 됩니다.
그것을 100명으로 축소하면
59명은 도시에서
41명은 농촌 등에서 삽니다.

도시는 사람들에게
보다 풍족한 삶을 약속합니다.
하지만 그것만으로는
행복의 조건은 충족되지 않습니다.
풍요로운 나라에서는
도시에서 농촌으로 거주지를 옮기는 사람도 있습니다.

도시에서도 농촌에서도
사막에서도 초원에서도
누구라도 의료와 교육 혜택을 받을 수 있고
깨끗한 환경과 전통문화를 즐길 수 있을 때,
우리들의 삶은
충족한 삶이 됩니다.

그리고 재해에 대비해서
재해가 일어나면 곧바로 대응하는 것.
한 사람도 배고프지 않게 하는 것.
환경 악화에 제동을 걸고
자연을 소생시키는 것.
그러한 곳에 돈을 쓰고
무기나 전쟁에는 쓰지 않는 것.
그것을 지금 우리가 선택한다면,
이 마을은
우리들의 고향으로 계속 남아 있을 것입니다.
언제까지나 영원히.

2015 Goal

2015년까지 세계는 더 나아질까?
유엔 정상회의 개발목표 2008

자료 · 유엔 밀레니엄 개발목표 2008 보고
이 보고서는 아래 사이트에서 전문을 볼 수 있다.
www.un.org/millenniumgoals

1990년도부터 바뀐 세계의 현상과 나아가야 할 방향

2000년 9월, 뉴욕 유엔에서 189개국 대표가 모인 유엔 밀레니엄 정상회의. 그 자리에서는 세계가 새로운 천 년을 맞이하여, 이에 대한 21세기 국제사회의 목표로 '유엔 밀레니엄 선언'이 채택되었다. 이것은 평화와 안전, 개발과 빈곤, 환경, 인권과 좋은 정치, 아프리카의 특별한 요구 등을 세계의 과제로 세우고, 차후 유엔이 가야 할 길을 명확하게 제시한 것이다.

이렇게 된 경위에는 그때까지 세계 전체의 '개발' 목표를 국제사회가 공유하지 않았던 것에 대한 반성과 개발에 대한 사고의 변화가 크게 영향을 주었다. 예를 들어 1960년대 인구문제와 빈곤문제가 부상해서 개발도상국에 원조를 확대했지만 인구의 폭발적 증대와 빈부격차의 심화를 막을 수 없었다. 90년대에 들어서자, 인간이 생존할 권리와 여성의 권리, 지구환경문제 등의 의식이 높아지면서, 경제개발보다 사회개발, 인간개발이 더 중요하다는 사고로 인식이 전환되었다.

또한 원조에 대해서도 성과를 중요시하게 되었다. 그래서 목표 달성도를 구체적인 수치에 의거해서 평가하는 방법을 도입했다.

'유엔 밀레니엄 개발목표'는 유엔 밀레니엄 선언과 1990년대에 개최된 주요 국제회의와 각종 정상회의에서 채택된 개발목표를 정리해서, 세계가 다뤄야 할 공통 목표를 확실하게 정했다. 이것이 2015년까지 달성해야 할 8개의 목표이며, 이것은 수치 목표를 포함해서 구체적인 목표다. 2008년은 그 개발목표의 중간점에 도달했으므로 9월에는 유엔에서 목표달성을 향한 강도 높은 회의가 개최되었다. 세계의 현실과 나아가야 할 방향을 제시한 밀레니엄 개발목표가 어떻게 달성되어 갈지, 그것이 어떻게 세계를 바꿔 나갈지, 지금 우리들 한 사람 한 사람에게 묻고 있다.

1
빈곤과 기아를 세계에서 없앤다

'2015년까지 하루 1달러 미만으로 살아가는 사람들의 비율을 반으로 줄인다.', '2015년까지 기아로 고통당하는 사람들의 비율을 반으로 줄인다.' 라는 목표는 달성될 것 같지만, 아직도 사하라 이남의 아프리카와 남아시아처럼 여전히 극심한 빈곤 상태에 놓여 있는 사람들의 수가 많다.

이들 나라에서는 빈곤으로 인한 기아문제에 직면해 있다. 또한 사하라 이남의 아프리카와 남아시아에서는 식량가격의 폭등으로 인해, 1억 명에 달하는 사람들이 기아 상태에 놓여 있다.

빈곤을 없애려면 일하는 보람을 가질 만한 인간적인 일이 필요하고, 여성과 젊은층을 포함한 모든 노동자가 수입이 현금으로 들어오는 일에 종사해야 한다. 이것이 빈곤을 없애는 전제가 되어야 한다. 하지만 빈곤층 대부분이 생활을 위해서는 어떤 일이라도 종사해야만 하는 상황에 놓여 있다. 현재 세계에서 15억 명의 노동자가 불안정한 직업으로 살아가고 있다고 추정한다. 저임금으로 하루하루 힘겹게 살아가는 'working poor'의 증대도 세계의 큰 문제로 남아 있다.

저체중 유아의 비율
일부 진전되는 것 같아 보이지만 ……

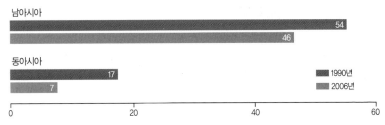

체중부족인 5세 미만아의 비율, 1990년과 2006년의 비교(단위 : %)
출전/유엔 밀레니엄 개발목표 보고 2008

2
누구라도 학교에 다닐 수 있게 한다

　세계가 직면해 있는 빈곤과 질병, 사회 격차 등의 문제에 대해 '밀레니엄 개발목표'는 교육의 필요성을 큰 과제로 내걸고 있다. '2015년까지 모든 어린이가 남녀 구분 없이 초등학교 전 과정을 배울 수 있게 한다'는 것이 목표이다. 세계 각국의 적극적인 교육 정책과 중점적인 투자도 있어서, 이 목표는 거의 달성되었고, 대부분의 지역에서 초등학교 취학률은 90%에 가깝다. 하지만 가장 늦어지고 있는 사하라 이남의 아프리카 아이들의 취학률은 70%를 넘었다고는 하지만 아직도 30%의 아이들이 초등학교에 다니지 못하고 있다.

　또한 빈곤세대를 대상으로 한, 중점적인 교육 프로그램이 필요하고, 교육 기회를 가장 많이 빼앗기는 수많은 난민 어린이들에 대한 지원도 절실하다. 또한 교육의 질적 향상과 지속적인 교육환경의 설비도 중요하다.

　개발도상국의 중등교육 취학률은 아직 54%뿐이어서 개선의 필요성이 지적되었다.

정치적인 의지와 중점적인 투자에 의해 초등학교 취학률은 각지에서 상승

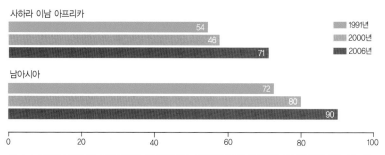

총 순수 초등학교 취학률(*), 1990/1991년, 1999/2000년, 2005/2006년의 비교(단위 : %) 윤리적인 초등교육 취학 연령에 속하고 초등교육 또는 중등교육을 받고 있는 학생 수를 해당 연령층의 총인구에 대한 퍼센트로 나타낸 것.
출전/유엔 밀레니엄 개발목표 보고 2008

3
남녀평등과 여성의 지위 향상을 실현한다

세계 각국에서는 교육의 적극적인 노력으로 초등학교 취학률이 향상되고 여성의 교육 환경도 지속적으로 개선되고 있다. 목표 3에서는 남녀의 평등 추진과 여성의 사회적 지위 향상을 내걸었고, '2015년까지 모든 교육 수준에서 남녀 격차를 해소한다' 라는 것을 목표로 했다. 그 결과, 세계 3분의 2의 국가들이 초등학교 취학에서 남녀평등을 달성했다.

하지만 모든 교육 수준에서 볼 때, 학교에 다니지 않는 아이들 중에 여자아이의 비율은 55%에 달해서 여전히 남녀 격차는 남아 있다.

여성의 고용에 관해서는 농업 이외의 일에 종사하는 여성의 비율이 1990년에는 35%였으나 2006년에는 40% 가까이 상승했다. 개발도상국에서는 취업한 여성 중 3분의 2가 소규모 개인 사업자이거나 급료가 없는 가내노동자 같은 불안정한 일을 하고 있다.

특히 사하라 이남의 아프리카와 남아시아에서 그 비율은 80%에 달했다.

일부 지역에서는 학교에 다니지 않는 여성이 남성보다 많다

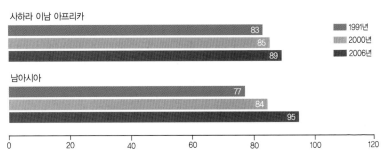

여성의 초등학교 취학률, 1990/1991년, 1999/2000년, 2005/2006년의 비교(남성 100명에 대한 여성의 비율)
출전/유엔 밀레니엄 개발목표 보고 2008

4
영유아의 사망률을 줄인다

5세 미만 영유아의 사망은 점차 감소해서, 2006에는 연간 1000만 명 이내로 줄어드는 성과를 보였다.

그러나 개발도상국의 5세 미만 영유아의 사망률은 선진국에서 태어난 아이들의 13배를 넘어선다. 또한 동아시아를 라틴 아메리카·카리브 해 지역과 비교해도 4배가 넘는다. 예방할 수 있음에도 불구하고 수백만 명의 어린이들이 5세 미만에 사망하는 비극적인 현상이 계속되고 있고, 이에 대한 세계 각국의 적극적인 노력이 요구되고 있다.

영유아의 사망률을 낮추겠다는 이 테마에서 밀레니엄 개발목표는 '2015년까지 5세 미만의 영유아 사망률을 1990년에 비해 3분의 2로 줄이겠다'라고 목표를 정했다.

2006년에는 사하라 이남의 아프리카에서 홍역에 의한 영유아 사망수가 격감했다. 기본적인 보건서비스를 개선하고 예방접종을 보급하면 영유아 사망이 크게 감소한다는 것이 실증되었다.

영유아 사망률은 아직도 용인할 수 없는 수준

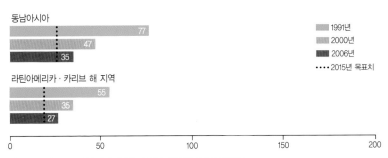

출생 1000명 당 5세 미만 유아 사망률, 1990년, 2000년, 2006년의 비교
출전/유엔 밀레니엄 개발목표 보고 2008

5
임산부의 건강을 개선한다

임신 중에는 여성이 병에 걸리기 쉽고, 생명의 위험을 동반하는 경우도 많다. 이에 '2015년까지 임산부의 사망률을 4분의 3으로 줄인다.', '2015년까지 성과 생식에 관한 건강의 완전 보급을 달성한다.' 라는 두 가지 목표를 정해 놓았다.

그러나 2005년 조사에 의하면, 임신·분만 또는 산후 6주 이내에 50만 명 이상의 여성이 사망했다. 특히 사하라 이남의 아프리카와 남아시아가 86%를 차지했으며, 이 지역의 성과 생식에 관한 건강의 개선이 급선무임을 알 수 있다. 모자 동시 사망률이 높은 젊은 여성의 임신은 점차 감소하고 있고, 피임의 보급률도 천천히 증가하고 있다. 어머니는 가족 건강을 지키는 역할을 짊어진 경우가 많다. 이로 인해 사하라 이남의 아프리카 등 임산부 사망률이 높은 지역은 영유아의 사망률도 높다. 또한 빈곤을 없애거나 아이를 학교에 보내는 등 다른 목표 달성의 저해요소로도 작용하고 있다.

사하라 이남의 아프리카와 남아시아에서는 아직도 임산부의 사망률이 높다

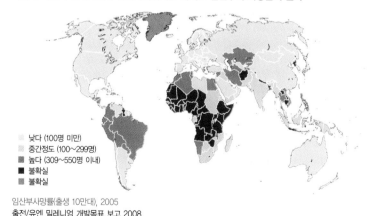

낮다 (100명 미만)
중간정도 (100~299명)
높다 (309~550명 이내)
■ 불확실
■ 불확실

임산부사망률(출생 10만대), 2005
출전/유엔 밀레니엄 개발목표 보고 2008

6
에이즈, 말라리아 등의 확산을 막는다

2007년에는 전 세계에서 15세 이상의 HIV감염자는 여성 1,550만 명, 남성 1,530만 명이었다. 매일 7,500명이 HIV에 감염되고, 5,500명이 에이즈로 사망하는 위기 상황이 계속되고 있다.

HIV/에이즈의 위협에 대해서는 '2015년까지 HIV/에이즈의 확산을 막고, 그 후부터는 감소시킨다.' 라는 목표를 정했다. 예방프로그램 개선의 의해 새로운 HIV감염자는 2001년 300만 명에서 2007년 270만 명으로 감소했고, 항레트로바이러스 약 개발 등에 의해 에이즈로 인한 사망자도 2005년 220만 명에서, 2007년 200만 명으로 감소했다.

그러나 감염자의 수명이 늘어나 항레트로바이러스 약의 공급이 따라가지 못하고 있다. 말라리아에 관해서는 '2015년까지 말라리아를 비롯한 주요 질병의 발생을 막고, 그 후부터는 질병 전염 비율을 낮춘다.' 라는 목표 아래 살충제 처리 및 모기장 등의 이용이 확산되고 있다. 그러나 여전히 공급이 충분하지 못하다.

일부에서는 성과도 있으나 사하라 이남의 아프리카에서 에이즈 피해가 계속되고 있다

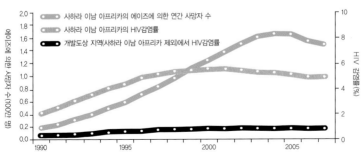

개발도상 지역과 사하라 이남 아프리카의 성인(15~49세) 에이즈 감염률(단위 : %)과 사하라 이남 아프리카의 에이즈에 의한 사망자 수(단위 : 100만 명), 1990~2007년

출전/유엔 밀레니엄 개발목표보고 2008

7
지속 가능한 환경을 만든다

지구환경을 보존하고 인간의 생활환경을 확보하기 위한 목표.

환경문제에 관한 목표로서는 온실효과 가스 배출량의 삭감, 산림의 보호, 생물 다양성의 유지 등을 내걸었다. 삼림파괴는 일단락되었지만, 멸종 위기종의 증대와 온실효과 가스의 급증에 대해서는 대책이 시급하다.

생활환경에 관해서는 '2015년까지 안전한 음료수와 기본적인 위생시설을 지속적으로 이용할 수 없는 사람의 비율을 반으로 줄인다', '2020년까지 최저 1억 명의 빈민가 거주자의 생활을 대폭 개선한다'라는 목표를 정해 놓았지만 세계는 여전히 낙관할 수 없는 상황에 놓여 있다.

세계의 거의 절반에 달하는 인구가 물 부족에 직면해 있고, 개발도상국에서는 안전한 물의 확보와 위생시설의 보급이 요구되고 있다.

또한 개발도상 지역 도시 인구의 3분의 1 이상이 빈민가에서 생활하고 있어서 빈민가 거주자의 생활을 개선하는 것도 큰 과제이다.

아시아에서 온실효과 가스 배출 증가를 저지하기 위해서는?

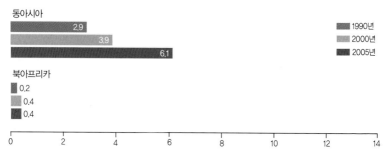

이산화탄소 배출량, 1990년, 2000년, 2005년의 비교(단위 : 10억 mt)
출전/유엔 밀레니엄 개발목표보고 2008

8
지구적인 파트너십을 구축한다

'목표8' 의 세계 전체의 개발을 진행시키기 위한 선진국과 개발도상국, 민간기업, 비정부조직(NGO) 등의 관계와 원조 구조를 보다 유효하게 하기 위한 것이다. 정부개발원조(ODA)의 상황과 공정한 무역, 금융시스템의 자세, 개발도상국의 채무부담의 경감, 필수의약품과 선진기술의 제공 등, 여러 관점에서 목표를 정했다.

원조국은 2000년 이후 ODA를 증액시켜 왔으나 최근에는 감소 추세여서 목표 달성이 위태롭다. '개발도상국에 필수의약품을 저가에 제공한다' 라는 목표는 질병 확산을 막기 위해서는 매우 중요하다.

그러나 빈곤층에게 약은 여전히 비싸고, 공급도 불충분해서 필수의약품조차 구입하기 어렵다. '민간과의 협력에 의해 정보통신기술을 비롯하여 첨단기술을 유효하게 활용한다' 라는 목표의 실현은 잘 진행되어, 휴대전화의 급격한 보급 등은 개발도상국에 큰 혜택을 주었다.

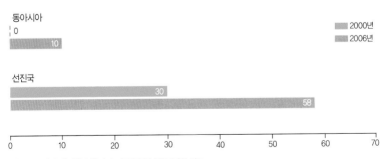

인터넷은 급속하게 보급되었지만 극빈 지역에서는 일부 사람만

동아시아
0
10

선진국
30
58

2000년
2006년

0   10   20   30   40   50   60   70

인구 100명 당 인터넷 이용자 수, 2000년과 2006년의 비교
출전/유엔 밀레니엄 개발목표보고 2008

미래는 기술로 바꿀 수 있다

인터뷰
제프리 삭스 (컬럼비아대학 지구연구소장)

《빈곤의 종언》이라는 정신이 번쩍 드는 제목
세계에서 가장 중요한 경제학자라고 평가받는 저자는
"우리는 세계에서 빈곤을 없앨 수 있다"
라고 밝은 미래를 펼쳐보였다.

인터뷰/데빗 G 안바, 사진/GOIN, 글/요시다 요시다 미카(吉田実香), 협력/유엔 인구기금

제프리 삭스 Jeffrey Sachs
경제학자, 국제개발에서 가장 대표적인 학자. 1987년 29세로 하버드대학 경제학부 교수가 된다. 20년간 동 대학 국제개발센터 소장 역임. 현재 컬럼비아대학 지구연구소 소장. 개발도상국을 지원하기 위한 유엔 밀레니엄 프로젝트 의장을 맡았다. 저서 《빈곤의 종말》

시장가치가 전부라는 오해

── 당신은 저서 《빈곤의 종말》에서 현대를 살아가는 우리들은 인류사상 처음으로 '빈곤문제를 해결할 가능성을 가진 세대'라고 말했습니다. 지금까지 정부와 경제학자들의 빈곤 대책은 무엇이 잘못되었습니까?

제프리 삭스(이하 삭스라고 한다) 첫째는 그들이 외쳐온 **시장주의**가 잘못이었습니다. 경제발전이라고 하면 시장에서 매매되는 상품과 서비스에 주로 관심을 집중하지만, 공립학교와 공공의료기관, 자치단체가 제공하는 공원 등의 시설이 충분하지 못하면 건전한 사회가 성립될 수 없습니다.

그러나 거기에는 시장가치가 따르지 않으므로 처음부터 무시해버립니다.

그렇게 되면, 극빈층 사람들은 가혹한 상황에 놓입니다. 병에 걸린 자신의 아이를 구하기 위해서는 약국에서 약을 사는 것 말고는 다른 방법이 없습니다. 게다가 만약 1달러라도 지불하지 못할 경우에는 죽을 수밖에 없습니다.

── 경제발전의 지름길로서 소비경제를 받아들여서 팔리고 안 팔리고만이 가치의 판단기준이 되어버립니다. 그래서 사람과 지역사회는 자신들에게 꼭 필요한 것을 손에 넣을 수 없게 되었습니다. 그런데 우리가 어떻게 빈곤문제를 종언으로 이끌 수 있다는 것입니까?

삭스 우리는 마침 강력한 '도구'를 가지고 있습니다. 그 덕분에 생산력이 향상되었고 건강도 주어졌습니다.

예전의 세계 사람들을 현재의 기준에 비추어보면, 극빈수준이었던 사람들이 현재는 6명 중 1명으로 줄어들었습니다. 빈곤을 감소시킨 도구는 바로 **테크놀로지**(기술)입니다. 이것이 열쇠입니다.

—— 빈곤을 해결하는 인류의 지혜는 '기술'이라는 말씀이군요.

삭스 극빈이라는 것은 사람이 살아가는 데 필요한 **최소한의 필요조치도 가족과 공동체, 지역과 나라가 충족해주지 못하는 상태**를 말합니다. 먹을 것과 학교, 안전하게 마실 물이 부족하면, 하나하나 해결책을 찾으면 됩니다. 곡물을 좀더 재배할 수는 없는지, 물은 마시기에 적합한지, 그리고 어떻게 그것을 구분하는지, 각 지역에 학교를 만들기 위해서는 어떻게 하면 좋은지, 하나하나 해결해 나가면 됩니다. 예를 들어 수도관을 통해 먼 곳까지 물을 운반하는 것은 선진국이라면 어디서라도 가능한 일입니다. 이처럼 현대의 기술력이라면, 개발도상국 문제는 얼마든지 해결할 수 있습니다.

복합적인 문제가 일으키는 빈곤의 덫

삭스 실제로는 최빈국은 복잡하게 얽혀 있는 여러 가지 문제를 동시에 떠안고 있습니다. 예를 들어 치안이 극단적으로 나쁘거나 부적절한 지도자의 악정에 시달리고 있는 경우라면, 극빈문제는 해결되지 않습니다. 또한 피임 방법 같은 가족계획이 보급되지 않아서 출생률이 높은 지역이라면 그것을 해결할 실마리를 찾아야 합니다. 역사적, 지리적 요인으로 고립되어 있는 지역에는 아무도 물건을 팔러오지 않습니다. 먹을 것이 부족하지만 돈이 없어서 곡물의 씨앗조차 살 수 없기 때문에 당연히 **빈곤의 덫**에 걸리고 맙니다. 여러 선

진국 사람들의 눈으로 보면 충분히 해결책을 예측할 수도 있지만, 당사자인 그들 자신은 사방팔방이 막혀 있어서, 스스로 한 발짝도 앞으로 나아가지 못

합니다. 장벽이 하나가 아니고 복합적이라는 점에 빈곤문제의 본질이 있습니다.

── 국경을 초월한 빈곤문제 해결을 구상하고 행동으로 옮기기 시작한 것은 언제부터입니까?

삭스 흥미롭게도 18세기 후반의 경제학자들이 주장한 고전파 경제학에 이미 등장한 내용입니다. 아담 스미스의 명저 《국부론》에도 **국제사회의 상호작용성**이 나와 있습니다. 전후 일본의 부흥도 이 '연계되는 세계' 덕에 성공할 수 있었습니다. 이러한 긍정적인 면만 지금까지 강조해 왔습니다. 그러나 뉴욕 주가의 폭락으로 인해 세계의 여러 면에서 타격을 입는 것처럼, 당연히 부정적인 면에서도 도미노 효과가 나타날 수 있습니다. 그러나 부정적인 연쇄작용에 대한 방지책은 지금까지 검토된 적이 없습니다.

우리의 시련은 이제부터

── 현재 개발도상국이 안고 있는 빈곤문제는 여러 선진국의 문제일까요?

삭스 고작 200년 전의 생활은 지금의 기준으로 말하면, 세계 사람들이 대부분 극도의 빈곤상태였습니다. 대부분이 농민이었고, 평균수명은 25~30세였으며, 자연재해가 잦았고, 몇 년마다 기근이 덮쳤습니다. 이에 비해 현대 인류의 생활은 엄청난 진보를 했습니다. 하지만 그 혜택이 모두에게 골고루 주어진 것은 아닙니다.

말라리아로 고생하는 아프리카처럼 전염병이 만연한 지역, 또는 짐바브웨처럼 식민지정책과 독재정치가 계속된 나라. 이러한 나라들은 빈곤에서 벗어날 수가 없습니다. 빈곤에 이르는 경위는 단순하지 않기 때문입니다. 여러 선진국이

타국의 빈곤을 일으켰다고는 할 수 없지만, 현실을 직시했다면 지금처럼 수많은 빈곤국이 생기지 않을 수도 있었습니다. 그리고 지금 **환경파괴에 의한 기후변화**는 한층 더 위협이 되고 있습니다. 우리들의 시련은 바로 이제부터입니다.

문제해결은 현실적이고 구체적으로

—— 당신이 소장을 맡고 있는 콜롬비아대학 지구연구소는 지구과학, 생태학과 환경보호, 환경공학, 공중위생, 경제와 공공정책 등이 5개의 분과회로 이루어져 있습니다. "시골마을의 문제부터 글로벌한 국제협정까지 무엇이든 다 해결책을 찾을 수 있다"고 말씀하셨습니다. 실제로 어떤 활동을 하십니까?

삭스 지구연구소가 독특한 것은, 학과를 초월해서 조직되어 있다는 점입니다. 보통은 학부나 학과를 거점으로 프로그램을 짜지만, 우리의 경우는 먼저 문제가 있는 것부터 문제의 성격과 내용에 따라서 팀이 구성됩니다. 예를 들면 지속 가능한 개발 프로젝트를 연구할 경우, 지구 규모의 도전을 어떻게 극복할 것인지를 현실적으로 분석하고 연구합니다. 그 중 중요한 안건인 **물 문제**를 예로 들어보겠습니다. 미국 남서부를 강타한 카트리나의 예에서도 알 수 있듯이 선진국조차도 홍수와 허리케인 등의 수해를 피해갈 수 없습니다. 더구나 개발도상국이라면 그 피해는 더 커집니다. 그래서 기상학자와 물의 순환을 연구하는 수문학자(hydrologists)를 팀에 초빙하거나 현장을 직접 방문해서 의사와 위생관리자의 조언을 받기도 합니다.

어떤 예방주사가 필요하고 식수와 음식에 어떤 주의를 기울여야 하는지를 정확히 알아야 하기 때문입니다.

이런 문제들은 현실에서 일어나기 때문에 학자의 이론만으로는 해결할 수 없습니다. 보통은 동시에 검토할 수 없는 여러 사항을 종합적인 관점에서 판단하고, 문제의 본질을 파악해서 해결할 길을 찾습니다. 이것이 지구연구소의 장점입니다.

9 · 11이 결심하게 만든 것

—— 그런데 당신은 "9 · 11 이후에 나는 어떤 일이 있어도 국제협조의 정신을 유지하는 데 힘을 기울이기로 마음먹었다."라고 저서에 썼습니다. 그때 무엇이 어떻게 마음을 바꾸게 만들었습니까?

삭스 수천 명의 인명을 희생시킨 그 끔찍한 범죄는 물론 우리에게 세계의 위험성을 피부로 실감하게 해주었고, 많은 사람에게 아픔을 주었습니다. 그러나 무엇보다도 제가 공포감을 느꼈던 것은 사건 그 자체보다는 오히려 이에 전쟁으로 맞서려고 한 미국의 반응이었습니다.

그때, 지금이 바로 세계가 공통된 문제를 본격적으로 해결할 시기라고 확신했습니다. 저는 당시의 유엔 사무총장 코피 아난과 '밀레니엄 개발목표' 야말로 **세계평화의 기초**가 된다는 의견을 나누었습니다. 그리고 저는 보스턴에서 뉴욕으로 옮겨서 지구연구소 소장으로 취임했습니다.

—— 유감스럽게도 미국은 이라크 전쟁을 시작해버렸습니다만……

삭스 발발 직전에 저는 이라크 침공이 얼마나 무의미하고 세계경제에 악영향을 미치는지를 강력하게 설명하면서 설득했습니다. 전쟁을 시작한 사람들은 세계가 지금 얼마나 밀접하게 연결되어 있고, 이 전쟁이 얼마나 마이너스적인 혼란을 야기할 것인지 전혀 이해하지 못한다고 지적했습니다.

—— 빈곤한 많은 나라들에 대한 자금원조는 단순히 그들을 지원하는 것뿐만 아니라 세계평화로 연결된다고 말씀하셨군요.

삭스 분쟁과 폭력의 횡행, 과격파의 활동, 전염병의 만연 등의 근본에는 대부분 빈곤이라는 요인이 뿌리내리고 있습니다. 즉 **빈곤을 근절**하는 것은 국가, 나아가서는 세계평화를 가져오는 것으로 이어집니다.

—— 하지만 그러기 위해서는 선진국에 사는 우리가 어느 정도의 부담을 각오해야겠지요?

삭스 수입이 100달러라고 하면, 불과 **70센트**면 됩니다. 학교와 의료시설의 운영, 말라리아 대책, 곡물의 씨앗과 비료 구입 등, 극빈에서 헤어나는데 필요한 금액을 우리들 팀이 계산해보니, 선진국 사람들의 수입 중에서 대략 0.7%로 충당할 수 있다는 결론에 도달했습니다. 컬럼비아대학 학생들은 최근에 이를 위해 캠페인을 시작했습니다. "당신의 100달러 중, 99.30 달러로 충분하지 않습니까? 나머지 70센트로 세계의 10억 명이 살 수 있는 기회를 제공할 수 있습니다."

시민이 깨달으면 세계가 바뀐다

—— 단지 돈만으로는 해결할 수 없겠죠?

삭스 그렇습니다. 선진국 체제도 중요합니다. 실제로 구제해야 할 사람을 보내야 하는데, 전문가를 현지에 보내는 실수를 범하기 쉽습니다. 더욱이 구제금을 먼저 정부에 넘기면, 각 도나 시, 군 등, 지방의 자치단체를 경유해서 마지막에야 그 지방에 도착합니다. 그런데 이 70센트를 필요로 하는 사람들에게 그 돈이 그대로 돌아가기가 어렵습니다. 현재 일본 정부가 관여하는, 농촌을 전체로 해서 지원하는 '밀레니엄

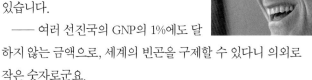

브릿지' 방식은 상당히 효율적이고 현실
적이어서, 각지에서 매우 높게 평가받고
있습니다.

—— 여러 선진국의 GNP의 1%에도 달
하지 않는 금액으로, 세계의 빈곤을 구제할 수 있다니 의외로
작은 숫자로군요.

삭스 지금까지 미국의 정치가들은 세계의 동향보다는 다음
선거의 표 모으기에 관심을 쏟았습니다. 일반사람들은 눈앞
의 득과 실밖에는 관심이 없습니다. 장기적인 시야에서 전망
하는 것은 흥미도 없고, 오히려 개발도상국의 원조라는 테마
는 정치가에게 덫이라고 생각했습니다. 하지만 부담액은 수
입에서 불과 0.7%만으로 해결된다는 것, 또한 그 돈을 쓰는
효율적인 방법이 있다는 것, 그리고 무엇보다 이것은 **자국이
나 세계의 안전보장의 문제**라는 것, 만약 수행되지 않으면 우
리들 자신이 안고 있는 여러 문제는 더욱 악화될 뿐이라는 것
을 확실하게 국민에게 알려주어야 합니다.

유감스럽게도 미국에는 훌륭한 지도자가 길게 존재하지 않
았습니다. 예전에 존 F. 케네디는 대통령취임연설에서 타국
의 빈곤구제가 자국의 안정에 필요불가결하다고 밝혔습니
다. 그러나 그가 만든 평화부대는 케네디의 사후, 본래의 의
도와는 동떨어진 것으로 변질되어 버렸습니다. 한편 미국은
문제해결의 수단으로서 전쟁을 반복하고, 전쟁에 세금을 물
쓰듯 하지만, 진정으로 필요한 곳에는 쓰지 않는 잘못된 리더
십에 이끌려 왔습니다.

그러나 이제 이번에 새로이 선출된 오바마 대통령 아래, 크
게 궤도수정이 되기를 크게 기대하고 있습니다.

A Story of Tuoi in Hanoi, Viet Nam
하노이의 투이 씨 이야기

신흥국 베트남. 수도 하노이에 도시화의 큰 파도가 밀려오고 있다.
여기에 사는 한 여성의 생활과 가족, 그리고 농촌의 미래를 따라가본다.

글/이케다 가요코(池田香代子), 사진/기타지마 겐조(北島健三), 협력/유엔 인구기금, LIGHT

오토바이의 도시

음력 8월 15일은 가족이 모여 맛있는 음식을 만
들어 먹는 중추절이다. 부드러운 보름달 달빛이 은
은하게 비치고 있다. 구시가지 너머로 새로운 초고
층 빌딩이 우뚝우뚝 솟아 있다. 층이 낮은 낡은 건
물이 밀집해 있는 구시가지의 재개발은 불가능하

다고 한다. 퇴거명령을 내리면 이곳 시민들은 반란
을 일으킨다고 사람들은 투덜댄다.

구시가지에는 엄청난 오토바이의 소음과 배기가
스가 낮게 깔려 있다. 보통은 두 명이 타지만 금지
되어 있는 3인승도 서슴지 않는다. 부모 사이에 끼
어 오토바이에 타고 있는 아이의 손에는 명절이라
서 사준 풍선이 팔랑거린다. 오토바이는 가족과 연
인의 사랑을 태우고 이른 아침부터 한밤중까지 도
로 가득 어수선하게 달린다. 하지만 질서정연하게
달린다.

달리고 있는 오토바이 앞에 보이는 것은 오늘보
다 더 풍족한 내일일까? 1986년부터 진행되어 온
해방경제정책 도이모이(쇄신)를 상징하듯, 은행 간

하노이의 구시가지 주변은
저층 주택이 밀집되어 있어
서, 하늘이 널찍하게 잘 보
인다.

판이 눈에 띤다. 'VIETCOM BANK' 라는 말에 눈이
번쩍 뜨인다. '베트콩' 이라는 말에서 지금 사람들
은 과거의 전쟁이 떠오르지 않는 것일까. VIET
COMMERCIAL BANK, 베트남 상업은행에서 현대
의 베트남을 보는 듯한 기분이 들었다.

투이 씨가 돈 벌러 나가는 이유

투이 씨의 아침은 빠르다. 새벽 1시에는 이미 론
비엔 시장에서 남편과 함께 일을 시작한다. 마을은
조용히 잠들어 있지만 시장에 가까워지자 그곳만은
휘황찬란하게 불이 켜져 있다. 색과 형태가 가지가

지인 여러 과일이 쌓여 있고, 사람들은 바삐 움직이고 있다. 감귤류, 망고, 드레곤 후르츠, 수박, 멜론, 도리안, 라이치, 감도 있다. 사과와 배는 중국에서 들여온다.

파는 일이나 가져날리는 일을 하는 사람은 반수 이상이 여성이다. 쉴 틈이 생긴 사람들은 길가 포(쌀국수) 노점상에 둘러앉아 아침식사를 하고 있다.

시장 한 구석에 쪼그리고 앉은 투이 씨가 쌓인 과일더미에서 리드미컬하게 품질이 좋은 것을 골라내고 있다. 유자의 일종인 가보스 비슷한 진초록색 감귤이다. 이 신맛이 나는 과일을 납작납작하게 잘라 쌀국수 등의 음식에 짜 넣는다.

"일찍 나오지 않으면 좋은 물건이 다 동나버려요."

그렇게 말하는 투이 씨의 눈빛은 진지하다. 반년 전에 처음 나왔을 당시에는 손수레로 물건을 운반해주고 품삯을 받았다. 그럭저럭 일을 하는 동안에 자신이 직접 들여다가 마을에 배달하게 되었고, 주문해오는 단골식당도 두세 군데나 생겼다. 주문은 휴대전화로 받는다. 성실하게 일하지 않았다면 이렇게 될 수 없는 일이다.

오늘은 80kg을 들여왔다. 주문 받은 식당에는 한 시간이 걸리지만 자전거로 운반한다. 오토바이를 살 만큼 아직 일이 많지 않고, 버스비는 아깝다. 남은 것은 두세 번 나누어 등에 메고 내다 팔면 점심 때까지는 다 팔린다.

투이 씨 부부가 열심히 일하는 이유가 있다. 마을

론 비에 다리 옆에 있는 시장. 각지에서 모인 과일과 사람으로 활기가 넘친다.

에 두고 온 세 딸의 양육비가 필요하고, 집을 새로 짓느라고 빌린 빚을 갚아야 한다. 작은 논에서 나오는 연간 100만 동(약 71,300원) 남짓한 돈으로는 터무니없이 모자란다. 하노이에서는 한 달 동안에 그만큼을 벌고, 잘 될 때는 그 두 배도 번다. 36세로 한창 일할 때인 투이 씨의 표정에는 생기가 돈다. 그런 힘찬 투이 씨가 사는 하노이의 거리는 팽창 중이다.

10m², 일을 위한 집

일이 끝나면, 일단 집으로 돌아온다. 시장 바로 옆의, 프랑스가 점령했던 시대에 지어진 4층 건물이 늘어선 가로수 길에서 골목을 꺾어 들면, 그곳은 시장에서 일하는 사람들의 빈민촌이다.

쓰고 남은 건재로 얼기설기 지은 수백 채의 칸막이 집이 늘어서 있다.

이제부터 주문받은 물건을 단골에게 배달.

옆집 주인. 여러 마리의 개와 새끼 고양이 한 마리를 기르고 있다.
홍 강은 탁하지만 완만하게 조용히 흘러간다.

넓이가 보통 방 한 칸의 절반쯤 되는 투이 씨 집에 안내를 받았다. 침상과 몇 안 되는 가재도구. 취사는 빈민촌의 길가에 있는 공동수도를 이용한다.

화장실은 없다. 빈민촌 뒤로는 높은 벼랑이고, 홍강(紅河)으로 움푹 패어 들어가 있어서 플라스틱 쓰레기 등이 아무렇게나 버려져 있다. 거기서 용변을 본다. 멀리 수면에 가지를 늘어뜨린 큰 나무 너머로 붉은 강이 완만하게 바다로 흘러간다. 고기잡이 작은 배를 벼랑 위에서 개가 배웅한다.

투이 씨 부부는 다시 부랴부랴 집을 나왔다. 또 다른 가족이 잠을 자러 돌아오기 때문이다. 반나절을 교대로 이 방을 사용하고, 집세는 50만 동(약 35,600원)이라고 한다.

일하는 여성끼리의 연계

벌써 해가 높이 솟았다. 시장 전체가 한숨 돌릴 때쯤 갑자기 장중한 음악이 큰 음향으로 울리고, 이어서 젊은 여성들이 정감 넘치는 노래를 불렀다.

사람들이 모여들자, 퀴즈가 시작되었다.

'에이즈에 걸리지 않으려면?', '원하지 않는 아이

시장의 행사에 모여든 사람들.

투이 씨가 친절하게 설명하고 있다.

를 출산하지 않으려면?', '인구가 갑자기 증가하면?'

질문에 여성들이 차례차례 대답하고, 수건과 비누 등의 경품을 받아 갔다. 남성들은 멀찌감치 둘러싸고 바라보았다. 시장에서 일하고 돈을 버는 많은 사람들, 특히 여성들은 교육과 정보 면에서 동떨어져 있다. 이런 문제를 해소하기 위해서 한 달에 한 번씩 열리는 행사라고 한다. 이 활동은 유엔 인구기금의 지원을 받아서 하노이의 지역보건부가 퀴즈를 만들고, LIGHT라는 NGO가 기술지원과 행사를 진행하고 있었다.

전단지를 나눠주는 투이 씨의 모습이 보였다. 그녀는 이 '리프로덕티브 헬스 서비스 지원 프로그램'의 피어 에듀케이터(Peer Educator)인 것이다.

1. 둘째 딸. 쾌활하고 명랑하며 사랑스럽다.
2. 셋째 딸은 할머니를 쏙 빼닮았다.
3. 막 대학 합격 발표를 들은 장녀는 그날 집을 방문한 우리를 위한 식사 준비에 바쁘다.
4. 사이좋게 포즈를 취한 부부. 늘어선 집들이 낡았지만 청결하다.
5. 투이 씨의 부모님. 할아버지는 월맹군 병사였다.

학교에서 귀가하는 근처의 아이들.
영락없는 개구쟁이들인데 수줍어한다.

78

'피어' 란 동료나 대상자와 같은 위치이므로 그들과 편하게 대화를 나눌 수 있다. 투이 씨는 의식이 높은 멤버라는 의미에서 선발된 25명 중 한 사람이다. 졸릴 텐데, 라는 우리의 걱정에 "봉사는 중요"하다고 미소 지으면서 말하고, 다시 전단지를 가지러 갔다.

아름다운 농촌의 본가

튕틴 마을은 하노이에서 한 시간 반쯤 차를 타고 가는 곳이다. 주위에서 눈에 들어오는 것은 고개 숙인 벼의 물결이다. 벼 베기는 한 달 뒤라고 한다.

투이 씨 부부는 버스를 갈아타면서 한 달에 두 번 집에 돌아간다. 밭일도 해야 하고, 늙은 부모님께 맡긴 딸들도 보고 싶다. 버스비는 한 사람당, 편도 18,000동(약 1,280원).

마을의 가옥들은 한곳에 몰려 있다. 길의 막다른 곳, 작은 안뜰에 마주해서 방 하나를 널찍하게 만든 이 새 집은 지난해에 간신히 지었다. 테라스를 따라 둥근기둥을 세우고, 벽은 노란색 칠을 했다. 테라스를 면한 곳에는 발을 쳤다. 이 집이 자랑스럽다. 겨울에도 그대로라고 한다. 가구를 들여놓는 꿈은 빚을 다 갚은 후에야 가능하다. 10년에 걸쳐 완성한 집이다.

항상 이렇게 먹는 것은 아니라고 한다.

안뜰 구석에서 위의 두 딸이 웅크리고 앉아서 야채를 썰거나 가스렌지 앞에 앉아서 일을 한다. 수줍게 미소를 짓는다.

서로 의지하는 따스함

삼삼오오, 친척들이 모여들었다. 오늘은 마을 선조의 영웅축제가 있어서 몸치장을 하고, 차려 입는 것이라고 아주머니들은 밝게 웃는다.

"하노이는 위험하지만 이곳이라면 목걸이를 안심하고 걸 수 있어."

나이 많은 사람들에게 도시는 무서운 곳이라고 한다.

대접에 담긴 음식이 잇따라 바닥에 늘어놓아졌다.

"옛날에는 외국인이 오면 싸웠는데 요즘은 외국인이 와서 기쁩니다."

예전에 육군병사였던 할아버지가 온화하게 말한다.

그 말의 뒤에 숨은 가혹한 경험과 기억은 이루 헤아릴 수 없다.

"일본도 베트남에게 크게 폐를 끼쳤습니다."라고 긴장하며 말했다.

외국인을 맞이한 흥분이 일가족을 감싸고 있는 것일까, 하고 생각했는데, 들떠 있는 이유는 또 있었다. 18세가 되는 장녀의 대학 합격발표가 오늘이라고 한다.

"이곳은 8천 명이 사는 마을이지만 1년에 10명이나 대학에 들어간다. 우리가 사는 현에서 가장 많다."라고 할아버지가 말하고 있을 때 합격통지서가 왔다. 식사 시중을 드는 투이 씨의 발걸음이 춤을 추는 것처럼 가볍게 보였다.

"학비가 100만 동, 기숙사 생활비가 150만 동, 합해서 한 달에 250만 동(약 178,000원)"이라고 남편은 한숨을 쉰다. 인플레율이 연 20%라면 확실히 장래가 불안할 것이다. 투이 씨가 "일해야죠. 열심히 일해야죠."

라고 미소 지으며 말을 잇는다. "딸이 이곳 학교의 선생님이 되었으면 합니다. 그렇지만 마을에 남지 않아도 돼요. 저는 나중에 마을에 돌아올 생각이지만요."

부모가 조부모에게 아이들을 맡기고 돈을 벌러 나가, 몸이 가루가 되게 일을 해서 아이에게 학력을 높여준다. 아이들은 보다 나은 인생을 믿으며 마을을 떠난다. 장녀는 투이 씨가 그녀를 낳은 나이에 좋은 대학에서 공부하기 위해 마을을 떠날 것이다. 농촌의 일가족 공동체는 서로 의지하는 바로 그 따스함으로 인해, 오히려 후계자를 잃고 쇠퇴의 길을 걷게 되는 것일까. 지금은 160%를 자랑하는 식량자급률도 앞으로는 어떻게 될지 모른다. 발전하는 이 국가에서 언제까지나 이 아름다운 논이 펼쳐져 있기를 기원하면서 먼 곳을 바라보자, 눈앞에 펼쳐진 벼의 바다를 잠자리가 서로 뒤쫓듯이 건너가고 있다.

한가로운 농촌 풍경. 오리를 논에 넣어 기르고 있다.

일가족이 나란히 포즈를 취했다. 축제여서 여성들은 곱게 치장을 했다.

세계를 바꾼 사람들

changemakers
10

글 · 사진 와타나베 나나(渡邊奈々)

세계를 change하고 있는 사람들은 모두
자신의 주변부터 조금씩 바꿔나가는 사람들.
살 집이 없다, 일이 없다, 신뢰할 만한 어른이 없다,
인권 침해를 당한다, 전염병으로 죽는다, 진실을 말할 수 없다.
…… 이런 이들에게 손을 내밀어
세계를 조금이라도 나은 방향으로 움직이는 사람들
10명의 활동을 소개한다.

말라리아와 오염물로 죽는 사람을 감소시키는
제품을 개발해서 비즈니스로서도 성공

Mikkel Vestergaard Frandsen (VF)

미켈은 19세 때 세계의 극빈층 사람들을 대상으로 제품개발 비즈니스를 시작했다. 먼저 에이즈, 결핵과 나란히 세계 3대 질환의 하나인 말라리아를 줄이기 위한 제품을 개발했다. 그 중 하나는 살충제를 넣은 비닐시트 '제로플라이'다. 전쟁, 강제이동, 지진 등이 발생하면 사람들은 집을 잃는다. 그러나 집을 잃은 사람들에게 유엔과 NGO가 피난장소를 마련해 주고 식료품과 의료를 투입하는 데 보통 반년 이상이 걸린다. 그 동안 말라리아와 오염물로 죽는 사람은 총탄에 맞아 죽는 사람보다 더 많다.

그러나 지면에 막대를 세워 제로플라이를 덮어씌우면 절박한 고비를 견뎌낼 수 있는 피난장소가 만들어진다. 또 다른 제품은 살충제를 넣은 모기장 '파머넷'이다. 20회까지라면 빨아도 2~3년간 살충효과가 없어지지 않고 마지막까지 균등하게 효과가 지속되는 '컨트롤 릴리스' 기능을 가졌다. 2007년까지 수요의 70% 이상을 차지하는 연간 4,800만 장을 제조했다.

2005년 말에 개발된 것은 '라이프 스트로' 섬유필터를 내장한 길이 25cm, 직경 5cm의 포터블 정수기이다. 지구 인구 6분의 1에 해당하는 약 11억 명이 안전한 식수를 구하지 못하고, 오염된 물을 마시고 죽는 아이들은 매년 5천만 명 아래로 줄지 않는다. 라이프 스트로는 세균과 바이러스를 99.9% 제거하는 기능을 가졌으며, 현재 비소와 불소를 제거하는 필터도 개발 중이다. VF사는 3년간 직원 125명이 일하는 규모까지 성장. 매년 500만 달러의 경상이익을 내고 있고, 그 전액을 더 나은 제품을 개량하는 개발자금으로 충당하고 있다.

변호사를 양성하는 프로그램으로
억울하게 죄를 뒤집어쓴 사람을 구한다

Karen Tse (International Bridges to Justice, IBJ)

고문을 합법적으로 정당화하고 있는 나라가 세계에는 20개국이다. 고문이 불법으로 정해져 있지만 모른 척 하는 나라는 93개국. 이 국가들이 민주적인 재판을 할 수 있게, 형법에 정통한 변호사를 육성하는 프로그램을 만든 사람은 카렌 체이다. 로스엔젤레스 차이나타운에서 자란 카렌은 어릴 적에 아시아에서 정치범 용의로 고문을 받는 끔찍한 모습을 어른들이 떨리는 목소리로 이야기하고 있는 것을 들었다. 고문을 해서 억지로 거짓 자백을 강요받는 부조리에 대한 분노는 카렌의 마음에 '이 상황을 어떻게든 바꾸고 싶다.'라는 변혁으로 이어졌고, 차츰 그것을 키워나갔다.

예일대 법과대학원을 졸업하고 유엔에 취직해서 캄보디아에 부임한 것이 1994년. 캄보디아에서는 폴 포트 정권 아래 100만 명 이상이 살해를 당해, 인구 1300만 명인 국가에서 살아남은 변호사는 겨우 10명 뿐이었다. 카렌을 포함한 3명의 변호사는 현지의 인권활동가 25명을 교육시켜서, 용의가 씌워지면 고문으로 자백을 강요하고 유죄를 결정하는 일이 당연하던 캄보디아에 처음으로 '증거'와 '알리바이'라는 개념을 도입했다.

이 경험을 바탕으로 2001년 IBJ를 발족. 그때부터 5년간 중국, 베트남, 아프리카의 부룬지, 짐바브웨, 르완다에서도 프로그램을 개시했다. 현재 인도, 스리랑카 등 9개국이 대기 중이다.

빈민촌과 난민 캠프 사람들의 주거를 디자인하는 건축가

Cameron Sinclair (Architecture for Humanity)

세계에서는 지금 10억 명이 빈민촌과 난민캠프에 살고 있다. 런던에서 건축공부를 하던 캐메론은 빈민촌 사람들의 주거문제를 해결하는 것도 건축가의 사명이 아닐까, 라고 생각하게 되었다.

1999년 유고슬라비아에서 당시의 밀로세비치 대통령의 지휘 하에 알바니아인 배척이 이뤄져, 수십만 명의 집이 불타고 사람들은 주거를 잃었다. 이때 캐메론은 머리 속에 그리던 구상을 '코소보 난민 임시 피난처'의 건축안 설계공모에서 시작한다. 하지만 아무 기대도 하지 않았고, 3개월 동안 공모내용을 인터넷에 올린 다음, 건축가 동료들에게 입으로 전달하기만 했다.

그러나 30개국에서 220건의 디자인안이 올라오는 예상치도 못한 결과가 기다리고 있었다. 2001년에는 세계의 에이즈 환자 75%가 집중되어 있는 아프리카 사하라 이남 지역에서 '에이즈의 치료, 검사, 감염방지를 위한 의료기능뿐만 아니라 보건 지식을 전하는 공간이 구비된 이동식 클리닉'의 디자인안을 모집. 인터넷에 모집요강을 6개월간 게재하자, 51개국에서 530건을 보내왔다. 2004년 3회째의 공모는 남아프리카공화국의 여자아이들을 위한 보건교육센터의 클럽하우스를 겸비한 축구장. 2008년에는 우간다와 스리랑카 외에도 허리케인 카트리나로 집을 잃은 사람들에게 집을 재건하는 어드바이스를 제공하는 등, 활동 영역이 점차 넓어지고 있다.

작은 나라와 소수민족을 위한 외교 어드바이스를 행한다

Carne Ross (Independent Diplomat, ID)

칸 로스는 어릴 적부터 동경해온 영국 외무부의 외교관 시험에서 200대 1의 경쟁률을 뚫고 합격한다. 그러나 '큰 나라의 이해'가 우선시되어 작은 나라와 소수민족은 무시되는 세계의 외교 행태를 보면서 큰 의문과 분노를 품게 된다.

칸은 31세가 되던 1997년, 뉴욕의 유엔 영국 대표부에서 이라크를 중심으로 서남아시아 담당 일등서기관의 임무를 맡게 되고, 영국 정부를 대표해서 이라크 정부와 대량살상무기를 조사하는 유엔조사단에서 함께 일했다. 조사에서는 전혀 위협이 안 된다는 것을 알면서도, 이라크가 금방 사용할 수 있는 살상무기를 가지고 있다고 해서 2003년 3월 20일 미국과 영국 정부는 전쟁을 선포한다. 이때 칸은 사직을 결심한다.

2004년 가을, 런던으로 돌아온 칸은 '작은 나라와 소수민족을 위한 외교 어드바이스를 하겠다'라는 오래된 구상을 실현하기 위해, 구체적인 활동을 시작했다. 최초의 고객은 코소보 공화국이었다. 독립국으로서 인지될 때까지 계속된 그의 어드바이스가 성과를 이뤄, 2007년에 코소보는 독립국으로서 인정을 받았다. 그 밖의 고객은 아프리카 북서부의 주민을 대표하는 포리사리오 전선, 소말리랜드 공화국, 북키프로스 터키 공화국, 그리고 아웅산 수지가 이끄는 미얀마의 국민민주연맹이다.

ID는 민주주의를 향해서 인권과 국제법을 지키는 국가와 민족을 지지하는 것을 철칙으로 삼고 있다고 한다.

인신매매를 없애기 위해
계몽활동을 펼쳐 피해자를 돕고 있다

Katherine Chon (POLARIS PROJECT)

미국무성 조사에 의하면, 세계의 가난한 나라에서 국경을 넘어 매춘을 목적으로 팔려나가는 피해자 수는 연간 90만 명에 달하고, 연간 수입은 추정 95억 달러. 마약, 무기에 이어 제3의 조직범죄인 인신매매는 21세기에 들어와서 더욱 증가하고 있다. 마약거래보다도 붙잡기 어려우며, 그것은 같은 사람을 계속해서 사용할 수 있기 때문이다.

대학 4학년 때 우연히 그 사실을 알게 된 캐서린은 졸업과 동시에 로비활동을 하기 위해 워싱턴으로 이사하고, 인신매매의 계몽 캠페인을 해서 실제로 피해자를 구해내는 활동을 시작했다.

우선 영어, 스페인어, 한국어의 24시간 하트라인을 설치. 또한 그 지방의 경찰과 정부기관, 그 밖의 NGO와 네트워크를 만들기 위해 분주히 움직였다. 피해자를 6명까지 숨겨줄 수 있는 은신처도 마련했다. 매춘부의 연령은 보통 12~14세. 세상을 모르면서도 뭐든 다 알고 있다고 착각하기 쉬운 이 나이에는 속아 넘어가기도 쉽다고 한다.

2003년에는 일본지부를 설립. 2004년 일본은 인신 거래에 관해 ILO 주일사무소와 미국무성으로부터 비판을 받았다. 성매매에 관대한 전통이 있는 일본에서는 성매매가 널리 퍼져 있고, 매상은 연간 10조 엔에 가깝다. 그러나 빚에 의한 노예화로 인해 이뤄지는 인신매매 비즈니스는 막기가 어렵다. 지부장인 후지와라 시호코(藤原志帆子)는 대책연구회를 열거나 이케부쿠로(池袋)의 환락가에서 전단지를 배포하는 등, 착실한 활동을 해나가고 있다. 2년 반 동안 매춘에서 구해내어 사회 복귀에 도움을 준 소녀 수는 20명에 가깝다.

'진실을 전하기' 위해 저널리스트의 자유를 지지한다

Robert Menard (국경 없는 기자단, RSF)

기자가 진실을 전하기 위해서는 위험이 뒤따른다. 취재 중에 폭행을 당하거나 납치되기도 하고, 심지어 살해당하는 경우조차 있다. 국가에 따라서 보도의 자유도는 다르다. 2007년도의 '국경 없는 기자단' RSF가 발표한 보도의 자유도가 가장 높은 나라는 아이슬란드와 노르웨이. 최하위는 북한과 에리토리아, 한국은 이탈리아와 일본에 이어 39위, 미국은 48위.

파리에 본부를 둔 RSF는 아프리카, 북미, 남미, 아시아, 유럽, 서남아시아의 100명이 넘는 파견원이 항상 기자의 안전을 위해 눈을 반짝이고 있다. 보도의 자유를 위협하는 사건이 발생하면, 현지 파견원이 다른 인권단체에도 협력을 구해 진실을 규명하고, 폭행과 납치 등의 진실이 확인되면, 관련 당국에 항의 편지를 보내거나 주요 미디어에 프레스 릴리스를 보내 여론에 호소한다.

RSF의 시작은 1985년이다. 남프랑스의 라디오방송 프로듀서였던 로베르 메나르는 기자에게 사건이 생길 때만 하이에나처럼 떼 지어 움직이는 미디어의 제멋대로인 보도 방식에 분노를 느꼈다. 그리고 기자에게 아무 일이 일어나지 않는다 해도, 늘 보도의 소중함을 마음에 새기자는 취지에서 RSF를 세웠다. 그런데 활동을 시작하자, 취재 중에 행방불명이거나, 협박을 받았거나 살해를 당한 기자가 의외로 많다는 데 놀랐다. 1990년대부터는 취재 중에 투옥당한 기자를 석방시키기 위해 노력하고, 살해당한 보도 카메라맨 가족들에게 경제 원조를 제공하는 것도 활동의 중요한 일부가 되었다.

이주 노동자의 생활을 향상시키는
새로운 송금서비스를 시작하다

도치사코 아쓰마사(枋篤昌) (마이크로 파이낸스 인터내셔널, MFIC)

미국, 중동 페르시아 만 연안의 여러 국가, 서유럽, 일본 등의 선진국에 와 있는 이주 노동자는 2억 명이 넘는다. 그들이 모국에 송금하는 금액은 연간 약 35조4천억 엔. 이것은 선진국에서 개발도상국에 주는 국제 원조액의 2배이다.

미국에서는 이주 노동자에게 은행계좌를 열어주지 않기 때문에 송금 회사를 통해서 송금한다. 그러나 15%의 수수료를 떼고, 자국에 도착한 돈에서 다시 현재 통화로 바꾸기 위한 수수료를 빼면, 평균 주당 200달러의 송금이 가족의 손에 건너갈 때는 130달러로 줄어버린다. 돈벌이 이민 송금에 대해서는 전부터 국제회의에서도 논의되어 왔으나 유효한 해결책을 찾지 못한 채 이주 노동자는 매년 증가하고 있다.

이런 상황에서 세계 최초로 구체적인 해결책을 명확히 내놓은 사람이 도치사코 아쓰마사이다. 도치사코 아쓰마사는 대학 졸업 후 도쿄은행(현 미츠비시 도쿄UFJ은행)에 취직한다. 입사하고 얼마 지나지 않아 멕시코로 어학연수를 떠나면서 생애 처음으로 진정한 빈곤을 목격한다. 성실하고 착실하게 일하는 멕시코 인이 왜 매일 먹을 것조차 부족한 생활을 하고 있을까. 이 의문은 '금융을 제대로 알아서 언젠가는 꼭 그들의 생활을 향상시키겠다'라는 결심으로 바뀐다.

은행 근무를 계속하면서 47세에 워싱턴으로 건너간 도치사코 아쓰마사는 2년의 준비를 거쳐 2003년 이민 송금만을 특화시킨 기업을 세운다. 수수료를 대폭 내렸을 뿐 아니라, 이민을 위한 의료, 재해, 사망보험, 각종 대출과 연동한 서비스를 제공해서 그들의 생활 향상에 여러모로 공헌하고 있다.

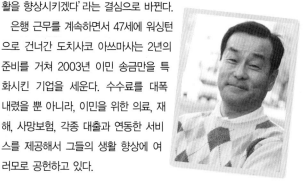

가난하더라도 창조하는 기쁨을 나눌 수 있는
교육 장소를 만든다

Bill Strickland Jr. (Manchester Bidwell Corporation)

　빌 스트릭랜드는 미국 펜실베이니아주 피츠버그의 빈민촌에서 태어나 자랐다. 그에게 가난한 흑인의 인생이란 죽을 때까지 인종차별과 빈곤을 어떻게든 이겨내는 것이었다. 그러나 고등학교 때 한 교사와 만나게 되고, 또 하나의 삶을 배운다. 그것은 '창조하는 기쁨과 매력적인 음악, 맛있는 음식을 통해 인생을 즐긴다' 라는 삶이다.

　스트릭랜드는 고교 재학 중에 자신의 집 지하실에 아틀리에를 만들어 빈민촌 아이들에게 도예와 사진을 가르치는 교실을 열었다. 자신이 배운 기쁨을 나누기 위해서다. 이 교실이 후에 피츠버그의 수천 명의 가난한 아이들에게 도예, 디지털 아트, 사진을 가르치는 교육센터의 기점이 된다.

　피츠버그대학에서 미국사를 전공하고 최우수 성적으로 졸업한 그는 직업훈련센터도 병설할 교육센터의 운영에 전념한다. 1999년 대기업 식료품회사 하인츠에서 거액의 기부를 받아, 참신한 유리창 디자인으로 이뤄진 최첨단 기능을 가진 센터를 건설한다. 일본에서 인테리어 디자이너를 부르고, 나뭇결이 아름다운 디자인 가구도 주문했다. 빈곤층 성인을 위한 난의 재배기술자와 임상검사 기사를 양성하는 직업훈련도 시작했다. 본격적인 콘서트홀을 세워 재즈와 음악 등의 공연활동도 시작했다. 그가 만든 아름다운 환경은 마음이 거칠고 황폐해지기 쉬운 가난한 아이들과 어른들이 함께 사는 기쁨을 발견할 수 있게 해주고 있어서 현대의 기적이라고 말해진다. 이 센터는 미국 전역에 퍼져 있다.

엘리트 대졸자가 2년간 가난한 동네의 공립학교
교사로 근무하는 체제를 만들다

Wendy Kopp (Teach for America, TFA)

자유 · 평등을 앞세우는 미국이지만, 실은 선진국 중에서도 가장 교육 격차가 크다. 가난한 지역의 초등학교 4학년이 부유한 지역의 초등학교 1학년과 학력 수준이 거의 비슷하다.

웬디는 텍사스주 댈러스의 유복한 환경에서 자라났다. 명문 프린스턴 대학에 입학해서, 어려운 관문을 통해 대학에 합격했지만 빈곤지역 출신의 룸메이트가 기초적인 내용의 수업에도 따라가지 못하는 모습을 접하게 된다. 이때 '태어나서 자란 환경이 다르다는 것만으로도 이처럼 학력 차이가 나는 것일까' 라는 의문이 들었다.

졸업을 앞둔 클래스메이트들은 진로를 찾는 일에 고민하고 있었다. 성적우수생은 투자은행 등에 취직하거나 법과대학원에 진학해서 변호사를 목표로 하는 것이 결정된 코스였다. 그러나 그들과 이야기를 나눠보니, 모두가 정말로 원하는 것은 '사회에 좋은 일을 하고 싶다' 는 것이었다.

그 희망을 현실화해야겠다고 생각한 웬디는 '인류대학의 성적우수자가 졸업한 후에 2년간 가난한 동네의 공립학교 교사로 근무한다' 는 체제를 만든다. '막 졸업한 엘리트 학생이 가난한 동네의 공립학교에서 무슨 도움이 되겠는가' 라는 초기의 비판에도 불구하고, TFA 교사와 교육계에 남은 1만 4천 명의 TFA졸업생은 미국의 교육시장을 크게 변화시키고 있다. 지금까지 약 16만 명이 응모했고, 2007년에는 명문대학 4학년의 '이상적인 취직자리 랭킹' 10위에 들었다.

사정이 딱한 아이를 신뢰관계를 쌓을 수 있는
어른에게 소개하고 인연을 맺어준다

Catherine Enjolet (Parrains Par Mille, PPM)

5살 때 아버지가 돌아가신 카트린느와 4명의 남동생은 어머니가 아이들을 양육할 만한 경제력이 없었기 때문에 프랑스 정부의 정책에 의해, 뿔뿔이 흩어져서 각각 다른 농가의 아이를 맡아 기르는 집에 보내졌다.

카트린느는 10살이 되자, 드디어 남동생 4명과 함께 파리의 어머니에게 돌아왔고, 가족 6명이 모여 함께 살 수 있게 되었다. 그 후 매년 여름방학이 되면, 외가의 외숙모 부부의 농가에서 생활했는데, 외삼촌은 영특한 그녀를 무척 귀여워해주었다. '외삼촌의 존재가 있어서 지금의 내가 있다'라고 깨닫게 되었고, 카트린느는 성장과정에서 어른과 신뢰관계를 맺었던 관계로 어른이라는 존재의 소중함을 알았다고 한다. 소르본느 대학을 나와 공립학교의 교사가 된 카트린느는 가정에 문제가 있는 아이들에게 눈길이 끌렸고 신경이 쓰였다. 그러나 경찰에 통보하면 예전의 자신처럼 어딘가 아이를 맡아 기르는 집으로 보내졌다.

어느 날, 가난한 부모에게 방치되어 자라는 11살의 안젤리나가 원만한 중류가정의 아이인 클로에와 사이좋게 지내는 모습이 눈에 들어왔다. 방과 후, 시험 삼아 두 아이를 함께 공부시켜 보았다. 그러자 재미있어 했고, 성적도 올랐다. 이후 안젤리나는 클로에 부모의 수양딸이 되어 정신적으로도 안정되어 갔다. 카트린느는 이러한 인연맺기를 널리 제도화하기 위해, 1990년 PPM(Parrains par Mille)를 세웠다.

PPM에서는 25~75세의 어른과 0~18세의 아이들의 인연맺기를 한다. 제휴를 맺은 정신분석의가 지망자의 적성검사를 해서 문제가 없어야 하고, 그 후에도 지속적으로 모니터링을 한다. 16년간 인연이 맺어진 쌍은 2,700쌍이 넘는다.

미켈 베스타가드 프란센 Mikkel Vestergaard Frandsen

덴마크 출생. 보통은 비즈니스에서 소비자로 인정되지 않는 극도로 가난한 사람들을 위해 말라리아 방지 모기장, 전쟁과 재해가 일어난 긴급한 경우에 사용하는 살충제가 첨가된 비닐시트, 오염수를 음료수로 바꾸는 라이프 스트로 등을 개발해서 판매하고 있다.

카렌 체 Karen Tse

미국 출생. 범죄 혐의를 받은 사람이 알리바이와 증거에 기초해서 정당한 재판을 받을 수 있게, 미국의 변호사가 현지의 변호사를 양성해서, 범죄법의 계몽에 힘쓰는 조직을 세웠다. 캄보디아, 베트남, 중국, 짐바브웨 등에서 활동.

캐메론 싱클레어 Cameron Sinclair

영국 출생. 런던에서 건축학과 대학생이었을 때, '건축가의 사명'을 생각하게 된다. 집 없는 가난한 사람들의 주택문제에 초점을 맞추어, 코소보 난민의 가설주택, 남아프리카 여자아이들을 위한 보건실을 겸비한 축구장, 개발도상국 학교 등의 건축 공모를 주최.

칼 로스 Carne Ross

영국 출생. 외교관으로 활약했을 때, 강대국의 이권을 중심으로 이뤄지는 국제 외교의 모순을 느끼고 퇴직. 작은 나라와 소수민족에게 외교 어드바이스를 하는 프로그램을 시작한다. 독립한 코소보 공화국, 소말릴란드 공화국 등이 고객.

케서린 천 Katherine Chon

미국에서 자람. 대학교 4학년 때 마약, 총기 매매에 이어 인신매매가 연간 90만 명의 희생자를 낳는 제3의 불법산업이라는 것을 알게 된다. 그 이후 계몽활동을 펼쳐나가, 희생자를 구하고 갱생시키는 등, 활동을 확대해가고 있다. 해마다 증가하는 인신매매 문제를 파고드는 선구적인 존재.

로베르 메나르 Robert Menard

프랑스 출생. '국경 없는 기자단에서' 취재 중에 위험에 노출되는 저널리스트와 그들의 가족을 지원하고, 그밖에도 보도의 자유를 존중하지 않는 정부를 고발하거나 1985년 이후로 매년 각국의 보도 자유도를 조사하여 리스트를 발표하는 등, 계몽활동을 하고 있다.

도치사코 아쓰마사 杤篤昌

히로시마 오노미치(尾道) 출생. 미국 워싱턴 D.C.에서 활약하는 전 은행원. 선진국에 돈 벌러 온 이민자를 위한 금융서비스, 금융기관을 상대로 송금 솔루션 판매, 개발도상국에 대한 마이크로 파이낸스(소액 융자) 서비스를 개척하거나 전개하고 있다.

빌 스트릭랜드 Bill Strickland Jr.

미국 펜실베니아주 출생. 교육과 직업훈련을 통해서 마이너리티의 커뮤니티와 그 지역에 살고 있는 주민들에게 공헌하는 회사의 대표. 넓은 부지에 아틀리에, 교실, 화랑과 콘서트홀 등을 수용하는 시설을 만들어, 기업과 제휴해서 전문직 교육도 하고 있다.

웬디 코프 Wendy Kopp

미국 출생. 미국 명문대학의 성적우수자가 졸업 후 2년간 가난한 지역의 공립초중학교의 교사가 되는 체제를 만들었다. 졸업생은 혁신적인 교육 활동을 하고, 그밖에도 주와 연방정부의 교육계에 참여하는 등, 공교육을 근본부터 개혁하고 있다.

카트린느 안졸레 Catherine Enjolet

프랑스 파리 출생. 자신의 체험이 원점이 되어, '외로운 아이'와 '그 아이의 인생을 풍부하게 해주고 싶다고 원하는 어른' 사이에서 인연을 맺어주는 프로그램을 만들었다. 지금까지 16년간 프랑스 국내에서 약 2,700쌍이 탄생했고, 영국, 독일, 러시아 등에도 퍼져나가고 있다.

와타나베 나나 渡邊奈々

도쿄(東京) 출생. 대학 졸업 후, 미 정부 장학금을 받아 바이링걸 교육 석사과정 수료. 1880년부터 뉴욕, 파리, 도쿄에서 광고라든가 패션 촬영을 중심으로 활동. 1987년 《아메리칸 포토그래피》에서 그해 연도 상을 수상. 2000년부터 세상을 보다 좋게 만드는 일에 종사하는 사람들을 새로운 시대의 롤 모델로 삼아 일본 미디어에 소개하고 있다. 저서에 《체인지 메이커》, 《사회사업가라는 일》 등이 있다.

Good News@World
세계는 점점 바뀌고 있다

《굿 뉴스》라는 책을 알고 계십니까? 저자는 캐나다 생물학자·환경운동가인 데이비드 스즈키 씨와 올리 드리셀 씨. 원제는 《GOOD NEWS FOR CHANGE》 부제는 'HOPE FOR A TROUBLED PLANET'. 다양한 사람과 조직이 이미 행하고 있는, 지속 가능한 사회를 위한 활동을 많이 소개하고 있다. 세계는 혹독한 현상 속에서도 분명히 조금씩 좋은 방향으로 걸어가고 있다는 것을 실감하게 하는, 창의력 넘치는 멋진 책이다. 아래의 칼럼은 《굿 뉴스》와 관련해서 편집부가 미디어에서 모아놓은 세계의 에피소드의 일부.

『굿 뉴스』

사회 개혁 활동에 이어지는 **필라델피아 레스토랑**

미국 필라델피아에서 레스토랑을 경영하는 주디 위크스. 사육 환경이 좋은 육류만 쓴다. 유기 농산물만을 취급하고, 유전자를 조작하지 않은 콩기름을 사용하는 등 요리가 맛있는 레스토랑으로 그 지방 사람들에게 인기가 있다. 한편, 마약 퇴치 운동과 빈민지구의 고등학생을 위한 사회교육에도 공헌하고 있다. 식당 주인은 사업을 '자신의 인생 그 자체'로서 시작했기 때문이라고 한다.

"우리의 기업 이념은 네 가지 각기 다른 분야에서 충분히 도움이 됩니다. 즉, 먼저 고객에게 도움이 되는 것이고 — 이것은 당연한 이야기입니다. 그리고 지역에 도움이 되고, 서로에게 도움이 됩니다. — 이것은 종업원 끼리를 말합니다. 그리고 자연에 도움이 됩니다. 그리므로 화이트 도그

카페는 이 네 가지 분야 모두에 걸쳐, 여러 활동을 하고 있습니다. 그리고 저에게 이익은 회사가 이 이념을 수행하기 위한 연료에 지나지 않습니다."

《굿 뉴스》, 데이비드 스즈키 · 올리 드리셀 공저)

소셜 비즈니스로서 노벨평화상 **무하마드 유누스**

마이크로 크레지트(무담보 소액융자)로서 농촌의 빈곤을 감소하는 일에 공헌한 방글라데시의 그레민 은행 총재 무하마드 유누스. 2007년부터 대기업 식품 회사의 프랑스 다논과 '요구르트' 합병회사 그레민 다논을 시작했다. 요구르트는 성장기 아이들에게 필수영향소가 포함되어 있으므로, 철저한 마케팅을 통해 그 지방 사람들의 입맛에 잘 맞는 맛을 개발했다. 공장은 소규모로 만들어, 지역경제에 적합한 '근접 비즈니스 모델'을 실현했다. 무하마드 유누스는 그 모델을 이렇게 설명했다.

"우리의 목표는 재무적인 효율뿐만 아니라, 사회적 편익의 최대화이기도 합니다. 그래밍 다논은 맛이 있고 영양가 높은 음식을 만들 것입니다. 그러나 또 다른 방법으로도 지역의 커뮤니티에 도움이 되어야 합니다. 요구르트를 만들 때 사용하는 우유는 그 지방의 공급업자에게서 삽니다. (중략) 실은 그들 대부분이 그래밍 은행에서 소액융자를 받아 처음 소를 삽니다. 그 사람들은 우리의 고객인 동시에 우리의 공급자이어야 합니다. 또한 공장이 소규모이고 가까이에 있는 사람들에게 판매되는 음식이 생산되면, 그들은 그 공장을 자신의 공장이라고 여기게 됩니다.

《빈곤이 없는 세계를 만든다》, 무하마드 유누스)

차세대 기술로 방글라데시를 지원하는 기업가 **하라 죠지**

차세대 기술을 핵으로 벤처기업의 지원을 하고 있는 기업가 하라 죠지(디프터 파트너즈 그룹 회장)는 민간사업에 의한 개발도상국 지원을 하고 있다. 2005년 방글라데시의 세계 최대 규모 NGO인 'BRAC'와 협동으로 bracNet라는 인터넷 서비스 프로바이더를 일으켜, 현지의 원격교육, 원격

의료를 시작했다.

하라 죠지가 경영하는 차세대 기술 기업에서 개발한 'XVD'는 리얼타임으로 고화질의 화상을 전송하는 기술이다. 이것과 최신 무선기술에 의해, 방글라데시의 저대역통신 인프라에서도 화상통신에 의한 원격교육과 원격의료가 가능하게 되었다. "기술을 가지고 개발도상국 생활을 향상시킨다"라는 명확한 목적은 더욱더 회선전화, 휴대전화의 보급에도 확산되고 있다.

(하라 죠지, 《21세기의 국부론》, www.bracNet.net)

참고 : http://www.social-market-press.jp/column/49/index.html

헌옷을 계산대에 가져가면 난민지원으로 이어지는 **유니클로**

2008년 2월에 유엔 난민고등변무관사무소는 국제 협력의 행사회장에서 유니클로 상품에 의한 '전 상품 리사이클 활동' 행사를 했다. 이것은 2006년부터 시작한 유니클로의 전 상품의 헌옷을 매년 3, 6월에 점포에서 회수해서 난민에게 전해주는 활동의 일환. 오래된 의류를 계산대로 가져가는 것만으로도 세계 어딘가의 난민의 손에 건네진다. 지금까지 네팔, 우간다 등 아시아, 아프리카 5개국의 난민 캠프에 전해주었고, 2008년 6월에는 소말리아에 4만5천 점이 보내졌다.

참고 : http://www.fastretailing.com/jp/csr/community/refugeesupport.html

워킹 피어를 대상으로 한 독일의 **최저생활보장제도**

독일에서는 일하는 세대의 빈곤화를 막기 위한 지원을 하고 있다. 생활비의 현금지급과 직업훈련 등의 취업 지원을 하는 '실업자금 지급II'. 15세부터 65세까지를 대상으로 500만 명의 이용자가 있는데, 25%는 일을 하고는 있으나 수입이 적은 사람이다. 기준액은 한 사람 당 약 5만3천 엔이고, 주거비, 난방비는 별도로 지급한다. 일하는 데 필요한 차량, 세대 규모에 맞춘 주택도 주어진다. 외국인 중에 장기실업자가 많아서 약 19%는 외국인에게도 주어진다. 수급자의 수입 평균은 약 9만 5천 엔.

행정 창구에 가면, 일자리를 소개해주고, 직업훈련이 필요할 때는 '구직자의 기초 보장'으로서 실습비용을 지원한다. '기초 보장'은 직업소개만이 아니라 외국인을 위한 독일어 강좌, 빚 청산을 위한 법률상담, 알코올과 약물의존증 대책 등, 자기 부담 없이 이용할 수 있다.

(아사히신문 2008년 3월 22일.)

에너지 100% 자급 마을 **마우엔하임**

독일 남서부 바덴 부루텐베르크주. 에너지원이 모두 바이오머스라는 자연 에너지 100% 마을이 있다. 인구 400명이 살고 있고, 일본의 홋카이도(北海道)와 비슷한 농촌. 소의 분뇨, 목초, 옥수수 등을 원료로 하는 바이오가스에 의해 전력과 열을 생산하는 '코제네 시설'과 겨울을 대비해서 나무재료 칩을 원료로 하는 '발열시설'로 전 에너지를 공급한다. 바이오가스를 태워 터번을 돌려 발전하는 코제네 시설은 연간 200만 킬로와트, 마을의 총 전력소비의 3배 이상을 공급. 난방 등의 열 수요를 100% 충족시키고 있다.

독일에서는 자연에너지에 의해 생산된 전력은 일단 전력업계 전체에서 고가로 사들여, 다른 에너지에서 생산된 전력과 합해서 분배되고, 이것을 시민은 표준가격으로 이용한다. 구 에너지에 의존하고 있던 마을에 자연에너지 전환을 도입한 것은 이 지역에서 자연에너지 사업을 운영하고 있던 솔라 컴프렉스사. 그 지역의 개인과 중소기업에 의한 합동출자 기업이다. 시간을 들여 마을 사람들에게 이 사업의 경제적 장점을 설명, 마을의 70%의 세대가 참가했다.

(이케다 노리아키(池田憲昭), 잡지 〈뉴 에너지〉, 2007년 4월호.)

참고 : http://www.ikeda-into.de/bioenergiedort.pdf

곡물의 안정공급을 위해 에타놀 정책을 전환한 **중국정부**

90년대 중반까지 식량이 부족했던 중국은 20세기 말에는 자급국이 되었다. 또한 지금까지는 식량 증산이 목표였으나 생태환경의 보전 및 복구에 관심을 갖게 되어 농업정책이 다양해졌다. 옥수수 원료인 바이오에타놀 생산처럼 농업은 연료 생산까지 부담하게 되었지만, 다가올 식량 위기를 우려해서 2006년 12월 중국정부는 에타놀 생산 설비의 신규 건설 등을 정지. 앞으로는 캐트사바와 고구마 등, 비곡물계 스위트솔루감과 옥수수 줄기 등의 세룰로이스 계를 바이오 연료의 원료로서 개발하기로 했다.

(월드워치연구소, 《지구환경 데이터북, 2007~2008》, 크리스토퍼 피레이빈 편저, 〈중국의 바이오 연료와 식량〉)

전동이륜차를 개발 중인 **혼다자동차**

혼다는 전기만으로도 달리는 이륜전동차를 상품화한다. 배기율 50cc의 오토바이와 같은 주행 성능을 지니고 있고, 가정의 전원을 사용해서 한 번 충전하면 30~100킬로미터를 달린다. 주행 중에 이산화탄소를 배출하지 않고, 100엔의 전기로 400~500킬로미터를 주행할 수 있다고 한다(에너지 100엔으로 가솔린 차의 8배나 에너지를 절약할 수 있다). 업무용으로서 일본우정그룹 등의 배달차 등에 판매하고, 2011년에 발매 예정이다.

(니케이신문 2008년 9월 11일.)

아마존의 고무로 잡화품을 만들어 숲을 지킨다 **안젤라 히라타**

고무 샌들을 일약 명품으로 만들어낸 안젤라 하라타는 아마존의 천연고무로 만든 잡화품을 명품(브랜드 명 '아마존 라이프')으로 세상에 내놓아, 산림보호에 공헌하고 있다. 산림을 벌채하는 대신, 야생 고무나무의 수액을 채집. 원주민의 가르침에 따라, 나무를 2년 동안 쉬게 한 다음에 재개한다. 고무로 샌들을 만든 현금 수입을 원주민에게 돌아가게 한다. 이미 유럽과 일본에도 출하하기 시작했다.

(니케이신문 2008년 10월 22일.)

참고 : http://www.aberto-jp.com

이산화탄소를 상쇄한다 **도쿄도 신주쿠구와 나가노현 이나시**

2008년 2월, 도쿄도(東京都) 신주쿠구(新宿區)와 가나노현(長野県) 이나시(伊那市)가 환경 보전의 연계에 관한 협정을 맺었다. 신주쿠구가 이나시의 산림보전 사업을 지원. 이 산림에서 흡수된 이산화탄소로 신주쿠구가 배출하는 이산화탄소를 상쇄하는 체계이다(카본 오프셋). 신주쿠구에서 배출되는 이산화탄소는 2003년도 319만 톤, 예상으로는 10년 후에 9% 증가. 신주쿠구는 빌딩이 숲을 이루고 있어서 이산화탄소 배출은 민생 부분이 74%를 차지하지만, 각 업체에 배출 삭감을 의무화할 만큼 자치단체에는 권한이 없다.

그리고 이나시에서는 도쿄 23구와 거의 같은 면적의 삼림이 있다. 거기에서 입안된 것이 이 협정이다. 도시 주민과 지방 주민의 교류에도 공헌하며 풀베기 등의 삼림 보호에도 기여하고 있다.

(아사히신문 2008년 3월 20일.)

참고 : http://www.city.shinjuku.tokyo.jp/whatsnew/pub/2008/0210-01.html

해외에 성장이 왕성한 나무를 심어 CO_2를 줄인다 **일본의 제지업계**

종이의 수요는 해마다 늘어나고 있는데, 특히 아시아에서 증가하는 추세이다. 일본의 제지업계의 해외에 나무를 심는 일은 해외의 목장과 황폐한 농장 등 버려진 땅에 유카리, 아카시아 등 성장이 왕성한 초생광엽수(草生廣葉樹)를 심어, 2010년에 43만 헥타르에 달할 전망. 이에 따라 2015만 톤의 탄소가 고정되고, 일본 제지산업의 연간 이산화탄소 배출량 800만 톤의 2.7년분을 상쇄할 수 있다고 한다. 식림지의 대부분은 오스트레일리아 등의 남반구, 근년에는 중국, 베트남에서도 생산하고 있다.

참고 : http://www.jopp.or.jp/overview/watanabe.html(일본제지협회)

〈통계자료〉의 출전과 주석

이 책에서 1명은 약 6,800만 명. 아래에 기재한 통계 등에서 나온 실제의 사람 수를 반올림해서 100명의 마을로 환산했습니다. 통계는 년도에 따라 약간 다릅니다.

Page

10   '100년 전의 도시인구'와 '도시인구의 증가'에 대해서는 유엔 인구기금(UNFPA)의《세계인구백서 2007》에 따름.

11   세계 인구는 2008년 12월 말 시점에서 67억 4000만 명(세계 인구의 수치는 미국 국세조사국의 홈페이지 : http://www.census.gov의 World Population Clocks에서 볼 수 있다). 세계 인구는 1년간 약 7,500만 명 이상이 증가하고 있어서 2009년에는 68억 명을 돌파하고, 도시 인구도 34억 명을 넘게 된다.

13   '51명은 도시에서. 49명은 농촌이나 사막, 초원에서 살고 있습니다'에 대해.《세계인구백서 2008》에서는 세계 전체의 도시 인구의 비율을 50%로 하고 있지만, 도시 인구의 급격한 증가로 인해 그 비율이 높아지고 있다고 생각한다. 이 백서에 의하면, 2008년에 인류가 처음으로, 세계 인구의 반 이상이 도시에 사는 국면을 맞게 되었고, 특히 아프리카와 아시아에서 그 경향은 점점 더 심화될 것으로 보인다.
　　　　 '도시의 면적'에 대해서는《세계인구백서 2007》에 '위성화상에 기초한 최근의 추정에 의하면, 시가지와 녹지를 포함한 도시를 전부 합해도, 지구의 육지 면적 2.8%만을 점하고 있다'고 한다.

14   《세계인구백서 2007》에 의하면, 개발도상지역(도시인구 44%, 23

억 7,500만 명), 후발 개발도상국(도시인구 28%, 2억 2,300만 명)
을 합한 가난한 국가의 도시 주민은 25억 9,800만 명이며, 100명
의 마을로 환산하면 약 40명이 된다.

'17명은 빈민가에 살고 있고'는 이 백서에 '지금은 도시주거자
의 3명 중 1명이 빈민가 거주자이며, 그 수는 세계 인구의 6분의
1에 해당하는 10억 명이 넘는다' '중국과 인도에는 합해서 세계
의 빈민가의 37%가 있다'에 따름.

17 '75명이 자연재해의 위험'에 대해서는 유엔환경계획(UNEP)의
2003년, 2004년의 조사에 따름. '90명 이상은 가난한 나라의 사
람'은 《세계인구백서 2007》에 따름.

이 백서에 의하면, '해발이 낮은 연안지역'(LECZ)은 세계 토지
면적의 2%에 지나지 않지만, 세계의 도시인구에 대해서는 그
13%를 차지하고 있어서, 아시아는 LECZ에 사는 도시인구가 3분
의 2를 차지하고 있다.

18 '전기를 사용할 수 없는 사람들'에 대해서는 국제에너지기구
(IEA)의 2002년 발표에 따름. 16억 명(25.8%)이 '빈곤으로 인해'
전기를 사용할 수 없다고 한다. '안전하고 깨끗한 물'에 대해서
는 세계보건기구(WHO)와 유엔아동기금(UNICEF)의 《물과 위생
에 있어서의 MDG 달성을 행해서—진보 상황의 중간보고》(2004
년) 따름.

19 '연 수입'에 대해서는 세계은행의 'World Deveropment
Indicators' 2008년 판에 따름. 마을 사람의 인원수는 국가별 국
민총소득(GNI)을 낸 다음, 저소득국(905달러 이하), 중소득 하위
국(906~3,595달러), 중소득 상위국(3,596~11,115달러), 고소득국

(11,116달러 이상)으로 나눠서, 각 지역의 인구 비율을 냈다.

극빈 인구는 세계은행에 의하면, 2001년까지 20년간이고, 세계 인구에서 차지하는 비율이 40%에서 21%로 감소. 중국 등의 경제성장에 따라 더욱 감소하고 있다.

20 '세계 어린이 인구(14세 이하)'에 대해서는 유엔 인구부 2006년 조사의 'World Population Prospects'에 따름. '아동의 노동'에 대해서 '아동노동반대 세계데이캠페인 2008'의 사이트(http://www.stopchildlabour.jp/)에 의하면 '세계의 어린이 7명 중 1명이 〈아동 노동자〉라고 불리는 어린이들입니다'라고 한다. 초등학교 취학률에 관해서는 《2007년 세계 어린이백서》에 의해, 2000~2005년의 초등교육 순 취학률(공식적인 초등교육 취학 연령에 해당하는 아이들이고, 초등학교에 취학하는 어린이들의 인원수가 해당 연령의 아이들의 총인구를 차지하는 비율). 출전은 유네스코 통계연구소.

21 대학생 수는 〈뉴스위크 일본판〉 2008년 10월 22일 호에서, 유엔 교육과학문화기구(유네스코)의 2005년 조사에 따름. '청년실업자'에 대해서는 2006년 국제노동기구(ILO)의 2006년 발표에 따름. 청년실업자란 15~24세의 연령층을 가리킨다. ILO가 2006년 내놓은 《세계의 고용 동향―청년 편》에서는 1995년에 7,400만 명이었던 청년실업자 수가 2005년에 14.8% 증가해 8,500만 명으로 올랐고, 청년인구 전체의 4분의 1에 가까운 3억 명 이상이 일은 하고 있지만 하루 2달러 미만으로 살아간다고 지적했다. 세계의 실업자 총수는 ILO 2005년 말 조사에서 약 1억 9,500만 명. '청년 수'는 유엔 인구부 2006년 조사의 'World Population Prospects' 추계에 따름.

22-23 '화석연료와 온실효과 가스'에 대해서는 아사히신문 2008년 3월 24일 조간의 보도. 세계 주요국이 모여서 온실화 대책을 논의하는 '세계 대도시 기후 선도 그룹' (C40)의 보고에 따름. '2030년 에너지 소비'에 대해서는 국제에너지기구(IEA)의 'World Energy Outlook 2008'에 따름. '아시아 전력소비와 자동차 수의 증가'에 대해서는 2007년 10월에 발표한 (재)일본 에너지 경제연구소의 '아시아/세계 에너지 아웃 룩 2007'에 따름. 이 자료에 의하면 아시아에서는 경제의 고도화, 생활수준의 향상 등이 수반되어 더욱 더 전력화가 진행되어, 앞으로 25년 동안에 전력소비는 2.5배로 급증. 소득 수준의 향상에 의해 모터 리제이션이 한 층 진전하고, 아시아의 자동차 보유 대수는 2005년의 1.8배에서 2030년에는 5.3억 대로 증가할 것이라고 내다보았다.

24 '석유와 석탄, 천연가스의 소비'에 대해서는 일본 경제 산업성 자원에너지의 팸플릿 '일본의 에너지 2007'에 따랐고, 이것은 세계 지역별 에너지 전망(2004년 실적)에 따랐다. 본래의 데이터는 'World Energy Outlook 2008'. 선진국이란 일본을 비롯하여 OECD에 포함된 나라들, 신흥국은 브라질, 러시아, 인도, 중국의 BRICs, 여기에 터키, 아르헨티나 등의 VISTA를 추가한 나라들, G8 참가국에 이러한 유력 신흥국 12개국의 재무장관과 중앙은행 총재가 참가하는 국제회의 G20도 개최되고 있다. 선진국, 신흥국의 인구수는 유엔 인구부의 'World Population Prospects' (2006년)의 추계이며, 개발도상국은 그 이외의 국가들을 말한다.

27 '한 사람이 1년에 배출하는 이산화탄소 배출량'에 대해서는 'ECMC/에너지 경제통계요람 2008년 판'에 따름. 2005년 조사에서는 미국이 최다였지만, 2006년에는 중국이 미국을 추월해서

세계 최다 이산화탄소 배출국이 되었고, 인도는 러시아를 추월해 세계 제3위의 이산화탄소 배출국이 될 것이라고 전망했다.

28 원서에는 없는 부분이었으나 한국의 실정에 맞게 자료를 찾아 삽입하였다. 자료는 통계청을 참조하였다. 한국 통계청 홈페이지 (http://www.nso.go.kr)

29 '일본인의 이산화탄소 배출량'에 대해서는 《온난화 방지를 위해 한 과학자가 엘 고어 씨에게 낸 제언》, 시미즈 히로시의 2005년 일본의 CO_2 배출량에 따름(2007년 국립환경연구소, '일본국 온실효과 가스 인베스토리 보고서'에 따름).

31 '아이슬란드의 에너지 정책'에 대해서는 마이니치신문의 사이트 2007년 10월 29일자에 따름. 국가가 앞서서 수력발전과 지역발전을 추진하고 있는 아이슬란드에서는 전력사용의 99%를 지열과 수력을 이용한 재생 가능 에너지로 조달하고 있고(2006년도), 1998년에는 2050년을 목표로 모든 화석연료를 물의 전기분해로 얻어지는 수소로 바꾸는 수소 사회로 전환하겠다고 표명했다. '독일의 재생 가능 에너지 이용'에 대해서는 독일연방환경성이 2008년 3월에 발표한 프레스릴리스(http://www.bmu.de. pressemittelungen/aktuelle_ pressemitteilungen/pm/39750.php)에 따름. '재생 에너지의 장래적인 비율'에 대해서는 석유산업 활성화 센터의 'JPECNEWS' (2008년 7월)에 의거함. 태양광발전과 풍력발전으로 세계 톱 수준인 독일에서는 재생에너지 이용을 국가 정책으로 정해서, 앞으로 원자력 발전을 폐지하는 것까지도 목표로 잡고 있다.

덴마크의 '20% 전력을 풍력으로 조달한다'는 마이니치신문 2007

년 2월 6일자 석간에 의거함. '2030년에는 그것을 50%로 하겠습니다'는 덴마크 정부의 에너지 계획 'Energy 21'의 목표다.

32 에너지관리공단에서 제공하는 〈신재생에너지 통계〉(2007) 자료에 따르면 총1차에너지에 대한 신재생에너지 공급비중은 2.37%로 나타났다. 에너지관리공단 홈페이지(http://www.kemco.or.kr) 참조.

33 '0.7%'는 마이니치신문 2008년 10월 10일자 조간에 의한 '일본의 발전량에서 점하는 재생 가능 에너지'의 비율(2007년 자원에너지청의 데이타에 따름). '1.36%'은 풍력, 태양광 등, 신에너지의 이용을 전력회사에 의무로서 정해 놓은 신에너지 특별조치법(RPS법)에 기준한 신에너지의 도입 목표. 캘리포니아주의 '2010년까지 20%' 등, 미국, 유럽에 비교하면 극히 낮은 수치이다.
'일본 총 호수'에 대해서는 경제산업성 '에너지 전략, 방범주택 추진위원회'의 2005년 발표에 따름. 일본 주택의 50% 이상을 차지하는 단독주택의 총 수. '40킬로와트의 태양광 발전'에 대해서는 가정에서 사용하는 전력의 약 90%를 조달할 수 있는 발전량 (1996년 판 '가정에너지 통계연보', 주거환경계획연구소에 따름). 태양광발전은 시스템 이용일수, 시간 등을 고려해서 대강 계산해보면, 출력수를 1,000배로 곱한 수치가 연간 발전능력으로 되어 있다. 4킬로와트의 태양광 발전기로 연간 약 4,000킬로와트의 전력을 발전할 수 있어서 전 단독주택에 태양광 발전장치를 설치하면, 1,060억 킬로와트의 전력을 발전할 수 있다. 일본의 발전 전력량은 일본원자력문화진흥재단 《원자력》도면집, 2007년도 판의 2005년도의 조사에 따르면 9,889억 킬로와트로, 10.7%의 전력을 조달할 수 있게 된다.

34   '세계의 곡물 생산량'에 대해서는 FAO(유엔 식량농업기관)의 생
산통계(잠정 수치)에 따름. 2006년의 쌀, 밀, 옥수수의 3대 곡물
총생산량은 약 22억 톤으로, 미국, 중국, 인도의 3대 생산국에서
만 약 46%를 차지했다. 곡물의 이용법에 대해서는 국제농림업협
동협회(JAICAF)의 FAO Newsletter 27호에 따름.

'선진국 생활을 한다면'의 26인은 에콜로지컬 푸트프린트(〈인간
사회가 스스로 소비한 자원을 생산하고, 기존 기술을 기초로 해
서 폐기물을 수습하는데 드는 토지와 물의 영역〉의 추정 면적)
의 지표에 따랐다. 선진국 수준의 소비생활을 지구가 지탱할 수
있는 인구는 17억 5,000명이라고 한다.(《월드워치연구소, 지구환
경 데이터북 2007-2008》, 크리스토퍼 프레이빈 편저에서)

39   '문자를 읽을 수 없는 사람'에 대해서는 15세 이상으로서 읽고
쓰기를 할 수 없는 사람의 비율. 유니세프《세계 어린이 백서
2007》를 펴낸 유니세프 통계연구소의 2000~2004년 조사에 따르
면, 세계의 글씨를 읽을 수 없는 사람의 비율은 남 14%, 여 26%.
유네스코의 추정에 따르면 글씨를 읽을 수 없는 사람의 3분의 2
가 여성이라고 한다. '토지를 가진 사람은 15명입니다'에 대해
서는 유엔 인구기금(UNFPA)의 《세계 인구 백서 2007》에 의거
함. 아시아와 사하라 이남의 아프리카 등, 여성이 남편과 별도로
재산을 가질 수 없거나 상속받을 수 없는 국가도 있어서 그것이
융자나 신용대출을 받을 때 큰 장벽이 되고 있다.

40   '임신 중 사망률'에 대해서는 조이세프(가족계획 국제협력재단)
가 2008년에 개최된 G8도야코정상회의에서 행한 캠페인 '개발
도상국의 임신부, 영유아를 구하자'에 따름.

42   '유아 사망률'에 대해서는 유니세프《어린이 백서 2007》의 '출생 시부터 만 5세까지 사망하는 확률'에 따름.

44   '휴대전화'에 대해서 세계전기통신연합(ITU)의 보고에 따르면, 전 세계의 휴대전화 계약 대수는 2007년 말에 33억 대로서, 보급 률은 49%, 최근에는 회선전화는 20%로 안정되어 있다. '인터넷' 의 보급률과 지역별 숫자는 Internet World Starts의 2007년 조사 에 따름.
각 지역의 인터넷 접속 인구에 대해서는《비주얼 데이터백과 현대 의 세계》(케임브리지 현대사회 국제연구소 편저)를 참고로 했다.

46   '세계의 삼림 면적'에 대해서는 FAO 'Global Forest Resources Assessment 2005'에 따름. 지구 표면적의 약 30%가 육지 면적이 고, 그 중 30%인 39.5억 헥타르가 세계의 삼림 면적이다. 유엔의 《밀레니엄 개발목표 보고서 2007》에 의하면, 1990년부터 2005년 사이, 세계 삼림 면적은 3% 감소했다. 특히 감소가 심한 곳은 개 발도상국의 삼림의 농지 전환에 따른 삼림 벌채이며, 연간 1300 만ha의 삼림이 사라졌다. 그러나 식목의 확대와 경관 회복 활동 에 의해 삼림 감소의 속도는 현재 일단락되어 있다. 만일 5년간 3%의 감소가 이어진다면, 2015년에는 6% 감소해서, 세계의 숲은 육지 면적의 24%가 된다.
'도시인구'에 대해서는《세계 인구 백서 2007》에 '도시 인구는 2030년까지 49억 명이 증가한다'고 한다. 유엔 인구부의 'World Population Prospects' (2006년)에 의하면, 2030년의 세계 인구 추 계는 83억 명이고, 59명이 도시에서 살고, 51명이 농촌 등지에서 사는 것이 된다.

새로운 꿈을 꾸자

2001년의 9·11 직후에 세상을 떠돌아다니던 한 통의 메일을 고쳐 쓰고, 영역을 붙인 《세계가 만일 100명의 마을이라면》이 세상에 나온 것은 그 해 12월이었습니다. 1권에는 우리가 어떤 세계에 살고 있는지, 빈곤과 전쟁 등에 초점을 맞춰서 그렸습니다. 2권은 1권을 해설하고 메일의 기초가 되었던 에세이를 소개했습니다. 에세이는 미국의 환경학자 도넬라 메도즈에 의한 것이었습니다.

3권에는 음식이라는 시점에서 환경을 살폈고, 선진국과 개발도상국의 각각의 문제를 어떻게 하면 우리들 모두의 일로서 다룰 수 있는지를 모색했습니다. 4권은 아이들에 관해서입니다. 빈곤이든 환경이든 전쟁이든, 우리 어른들의 눈앞의 이익으로 인해 아이들이 가장 고통과 아픔을 당하게 되는 상황을 돌아보고 싶었습니다.

그리고 5권 째의 완결 편에서는 아이들이 살아갈 가까운 미래는 어떻게 되어야 할지, 그것을 위해서 지금 우리가 무엇을 해야 할지, 그 시점에서 현재의 세계를 종합해서 나아갈 길을 찾을 생각이었습니다.

최근에 관심을 갖게 된 것은 자급이라는 테마였습니다. 지금까지 선진국은 자신들에게 유리한 방법을 만들어 에너지를 비롯한 여러 자원을 쓸어 모아서 소비를 즐겨왔습니다. 그런데 지금 그 방법에 의문을 갖기 시작했습니다. 자연이 파괴되고 있고, 그것이 불공정하다는 목소리가 무시할 수 없을 만큼 커졌기 때문입니다. 이제 선진국은 무엇이든지 맘대로 외국에서 조달할 수 있다는 그 방법을 개선할 때입니다.

식량과 에너지의 자급은 세계가 공정함을 실현하기 위한, 선진국에 주어진 중요한 과제입니다.

또한 신흥국과 개발도상국에서는 계속해서 증가하는 식량과 에너지 소비를 환경을 보전하면서 마련할 여유가 없습니다. 기술과 자금의 편의를 도모하는 것은 인간의 안전 보장과 지속 가능한 개발을 세계 모든 사람과 약속하기 위한 것이며, 선진국이 해야 할 당연한 의무가 아닐까요.

9·11사건과 그것을 이유로 삼았던 전쟁에 의해, 21세기는 피투성이로 막을 열었습니다. 이에 대량소비와 금융역학에 따라 돌고 있었던 세계경제가 막혀버리고, 자연파괴에 의한 재해와 이상기온으로 인해, 우리는 놀라고 어리둥절합니다.

이 문명은 분명히 뭔가 잘못되어 있다는, 이유를 알 수 없는 불안한 아우성이 지금 어떻게든 해야 한다는 목소리로 울리고 있습니다. 지금이 뭔가를 시작해야 하는 기회인지도 모릅니다. 힘차게 새로운 꿈을 꿉시다. 자급하고 자율적으로 행하는 새로운 커뮤니티라는 꿈을. 서로 존경하면서 성립된 커뮤니티끼리 서로 돕고 의지하며 서로 보완하는 네트워크를. 그것을 꿈으로 끝내지 말고, 삶의 방법으로서 시작합시다.

아무리 정치와 경제를 쥐락펴락하는 큰 힘도 우리들 한 사람 한 사람의 작은 힘의 축적에는 대적할 수 없다는 것을 우리는 잘 알고 있습니다. 우리들 선진국 사람들은 세계에 많은 빚을 졌지만, 그 만큼 할 수 있는 일도 많고, 그것을 발견했다는 환희가 수많은 사람들에게 용기를 주고 있음을 우리는 이미 알고 있으니까요.

《세계가 만일 100명의 마을이라면》의 첫 페이지는 이렇게 썼습니다. 이 네트로어가 일본에 도착한 바로 그 무렵, 이 책의 원안자가 된 것을 모르고 돌아가신 도넬라 메도스 씨는 세계를 바꾸는 일꾼이 많이 생겨나기를 꿈꾸었다, 라고.

그것은 이미 꿈이 아닙니다. 수많은 일꾼들이 지금 이 시간에도 세계 여러 곳에서 각자 자신이 할 일과 마주하고 있습니다. 세계가 크게 방향을 바꾸려고 하는 지금, 이 기쁜 의무를 당신도 힘을 합해서 함께 이뤄나갑시다.

이케다 가요코